U0109321

中國語言文字研究輯刊

十三編

許錟輝 主編

第10冊

李思明語言學論集（中）

李思明 著

花木蘭文化事業有限公司

國家圖書館出版品預行編目資料

李思明語言學論集（中）／李思明 著 -- 初版 -- 新北市：花木蘭文化事業有限公司，2017〔民106〕

目 2+182 面；21×29.7 公分

（中國語言文字研究輯刊 十三編；第10冊）

ISBN 978-986-485-235-2（精裝）

1. 漢語 2. 語言學 3. 文集

802.08 106014702

ISBN-978-986-485-235-2

中國語言文字研究輯刊

十三編 第十冊 ISBN：978-986-485-235-2

李思明語言學論集（中）

著　　者　李思明

主　　編　許錟輝

總 編 輯　杜潔祥

副總編輯　楊嘉樂

編　　輯　許郁翎、王　筑　美術編輯　陳逸婷

出　　版　花木蘭文化事業有限公司

社　　長　高小娟

聯絡地址　235 新北市中和區中安街七二號十三樓

電話：02-2923-1455／傳真：02-2923-1452

網　　址　http://www.huamulan.tw 信箱 hml 810518@gmail.com

印　　刷　普羅文化出版廣告事業

初　　版　2017年9月

全書字數　301892字

定　　價　十三編11冊（精裝）台幣28,000元

李思明語言學論集（中）

李思明 著

目次

上冊

中　冊

下　冊

《朱子語類》的處置式

《朱子語類》〔註 1〕是一部比較接近口語的巨著，洋洋二百萬言，爲我們研究宋代口語提供了豐富的言語資料。本文介紹該書處置式的使用情況，並揭示近代漢語早期處置式的一些特點。

《朱》的處置式，偶而出現在文言語句中，使用介詞「以」；而大量見之於白話語句，使用介詞「將」或「把」。文言語句屬古代漢語，自不在本文討論之列，本文只談表處置的「將」、「把」句。

表處置的介詞「將」、「把」來源於動詞「將」、「把」。唐以前，「將」、「把」均只作動詞。《說文》:「將，帥也」(即率領、帶領之意)，「把，握也。」後皆引申爲具有動態的「持、拿」義，《朱》中也間或見到：

今日有一朋友將書來。2879

如暗室求物，把火來，使照見。131

唐以來，表此義的動詞「將」、「把」即開始虛化爲介詞。從歷史發展的角度看，這種虛化是相當快的。在晚唐的《祖堂集》〔註 2〕中，「將」193 次，動詞占 43.5%，介詞占 56.5%；「把」71 次，動詞占 18.3%，介詞占 81.7%。兩者

〔註 1〕《朱子語類》，中華書局，1986 年，下文均簡稱爲《朱》。

〔註 2〕《祖堂集》，日本中文出版社，1974 年，下文均簡稱爲《祖》。

都是介詞超過動詞。《朱》中，「將」1108 次，動詞占 3.7%，介詞占 96.3%；「把」397 次，動詞占 1.3%，介詞占 98.7%。這種近乎兩極的百分比表明，到南宋《朱》時，無論「將」還是「把」，都已完成了動詞虛化過程。此後的《水滸》《金瓶梅》中，「將」、「把」作動詞也只是偶而爲之，比例更小，現代漢語則更難見到。

由動詞虛化而來的介詞「將」、「把」都有引進工具與表示處置兩大用途。其發展情況有如表 1〔註 3〕：

表 1

	「將」			「把」		
	次數	工具%	處置%	次數	工具%	處置%
《祖》	109	56	44	58	48.2	51.8
《朱》	1067	24.6	75.4	392	15.3	84.7
《水》	260 餘	15.4	84.6	1340 餘	20.1	79.9
《金》	49	14.3	85.7	459	14.2	85.8

表 1 可以說明兩個趨勢：

a、就「將」、「把」的兩大用途來看：《祖》中均比例大致相當，到《朱》中則均已形成「工具」少而「處置」多的格局；此後《水》、《金》也都在《朱》的百分比基礎上略作沉浮，現代漢語的「把」仍維持《朱》的格局。

b、就使用「將」、「把」的比重而言：《祖》（109：58）《朱》（1067：392）都是「將」爲「把」的 2～3 倍，這說明唐宋時代是以「將」爲主以「把」爲次。《朱》似達「將」主「把」次的高峰，此後即朝著相反的方向發展：《水》（260：1340）《金》（49：459）則是「將」處絕對劣勢，「把」占壓倒優勢；現代漢語，口語已是「把」的一統天下，「將」則退居書面語位置。王力先生說：「就處置來說，在較早時期，『將』字用得較多，」並在此句的附注中又

〔註 3〕《祖》、《朱》的數據由筆者統計所得；《水滸傳》（下文均簡稱爲《水》）的數據取自向熹「『水滸』中的『把』字句、『將』字句和『被』字句」（《語言學論叢》第二輯，上海教育出版社，1959 年）；《金瓶悔》（下文均簡稱爲《金》的數據取自許仰民「『金瓶梅詞話』的『把』字句」（《信陽師範學院學報》1990 年第 4 期）。

提到：「就工具語來說也是如此。」〔註4〕王先生的說法是符合唐宋語言的實際的。

下面分別從五個方面來具體介紹《朱》中處置式的使用情況。

一、孤獨動詞

所謂孤獨動詞，是指處置式中的謂語動詞，除介詞「將」、「把」字詞組外，前後不帶狀語、賓語、補語和助詞等附加成份。《朱》中也出現一些孤獨動詞，可分單音節和雙音節兩類。

1、單音節動詞（「將」43 例、「把」9 例）

「將」字句單音節動詞多數用於複句，少數用於單句。如：

只將十二卦排，便見。2470

讀論語，須將精義看。441

遂將吏人並犯者訊。2641

「把」字句單音節動詞全用於複句，如：

只把「上下」「前後」「左右「等句看，便見。363

授大學甚好，也須把小學書看。285

2、雙音節動詞（「將」17 例，「把」2 例）

學者問仁，則常教他將「公」字思量。2455

把聖賢思量，不知是在天地間做甚麼也。2811

從上面可以看出，《朱》中孤獨動詞有著鮮明的特點：

單音節孤獨動詞全部用於散文句。《朱》以後的《水》《金》等作品中，都主要用於韻文，很少用於散文；現代漢語不再用於散文，只是偶而用於韻文。

雙音節孤獨動詞全部爲並列合成詞，《水》《金》中除並列合成詞外，也出現動結式合成詞；現代漢語則多半爲動結式合成詞。

二、動詞的後附成份

1、賓語

處置式中，介詞「將」「把」的賓語，在意念上即爲動作的受事者，按理來

〔註 4〕見王力《漢語史稿》中冊，科學出版社，1958 年，第 412 頁。

說，動詞後面不會再有賓語。但由於種種情況，動詞後面仍可帶賓語。《朱》中處置式有不少動詞帶賓語：在「將」字句中占 29.2%（235 例），「把」字句中占 73%（255 例），「把」字句明顯高於「將」字句。根據對介詞賓語的關係，動詞賓語有如下五種情況。

（1）動詞賓語為間接受事

介詞賓語爲直接受事。如：

遂將女妻之。710

歐九得書，教將錢與公。3092

又把兄之女妻之。710

夫子便把這索子與他。673～674

除第一、三兩例名詞「妻」活用爲動詞外，其他均可還原爲雙賓語句（「教與公錢」、「與他索子」）。

（2）動詞賓語是介詞賓語的一部分，如：

近來胡五峰將周子通書盡除去了篇名。1675

將此將官家兵器皆去其刃。3292

此類還原爲一般動賓句時，其介詞賓語作動詞賓語的定語（「盡除去了周子通書篇名」「皆去此將官家兵器之刃」）。

（3）動詞賓語復指介詞賓語，如：

後來先將文義分明者讀之。1982

此類可將介詞賓語取代動詞賓語而還原爲一般的動賓句（「後來先讀文義分明者」）。

（4）動詞賓語表示對介詞賓語認定的結果

此類動詞爲「做、作、當、爲。」如：

後世將聖人做模範。909

誰將你當事。3291

王弼說此，似把靜作無。1793

若便把這個爲補試之地，下梢須至於興大獄。2703

此類不能還原爲一般動賓句。

（5）動詞賓語表示介詞賓語變化的結果

不成要將此病變作彼病！3089

如何把虛空打做兩截！3030

此類的動詞是由連動式縮合而成，介詞賓語可以還原到第一動詞之後作賓語（「變此病作彼病」「打虛空做兩截」）。

各類賓語所佔的百分比如表 2：

表 2

	總次數	（1）類％	（2）類％	（3）類％	（4）類％	（5）類％
「將」字句	235	11.9	2.1	5.1	69.4	11.5
「把」字句	255	7.8			90.6	1.6

從表 2 可以看出：「將」字句和「把」字句都是以（4）類賓語爲主，這自然與《朱》書的語錄論說文體有關（也是造成賓語眾多的主要原因）；「將」字句賓語種類多於「把」字句；（4）類賓語，「把」字句遠遠超過「將」字句。

2、補語

《朱》中處置式動詞後可帶補語（「將」有 202 例，「把」有 72 例），補語種類很齊備，有結果、趨向、處所、動量四種。

（1）結果補語

補語多爲形容詞和動詞，如：

公只將那頭放重，這頭放輕了，便得。2854

將他那窠窟掀番了。1540

是他從來只把這個做好了。1119

都把文義說錯了。1379

有時補語前有助詞「得」，如：

東萊將鄭忽深文詆斥得可畏。2109

後人把文王雖說得恁地，卻做一個道行者看著。1229

（2）趨向補語

視是將這裡底引出去。1062

故須將日常行底事裝荷起來。139

今姑把這個說起。2370

無忠，把什麼推出來！696

有時補語前有助詞「將」，如：

公且試將所說行將去。2934

（3）處所補語

補語一般為介詞詞組，介詞為「在、到、於」等，如：

如中間卻將曲禮玉藻又附在末後。2187

分明是將一片木畫掛於壁上。1942

所以須著將道理養到浩然處。1259

今官司只得且把他兒子頓在一邊。2645

少數為名詞語，如：

只是將此一禪橫置胸中。3030

（4）動量補語

教人只將大學一日去讀一遍。251

將禮書細閱一過。3067

今之學者說正心，但將正心吟誦一晌。133

人且逐日把身心來體察一遍。2526

帶上述各類補語的處置式，其介詞「將」「把」的賓語一般也可以還原於動詞之後，《朱》中就有這樣的例子：

讀書，須是窮究道理徹底。163

只是他放出無狀來。2996

常常存個敬在這裡，則人欲自然來不得！206

假饒讀得十遍，是讀得十遍不曾理會得底書耳。165

這些分別帶四類補語的一般動賓句，如果用介詞「將」、「把」把賓語「道理」、「無狀」、「敬」、「不曾理會得底書」提到動詞之前，也就成了處置式。

3、時態助詞

助詞基本爲「了」，個別爲「過」，如：

便將許多都掉了。2820

將聖賢説底一句一字都理會過。2812

到本朝，都把這樣禮數並省了。2310

體認是把那聽得底自去心裡重複思量過。2616

動詞後面附加種種成份，特別是雙賓語和補語，是促使處置式產生並大量使用的一個很重要的原因，因爲處置式將賓語提前後，這些成份有利於句子結構的調整與均衡。

三、動詞的前附成份

這裡指的是狀語。狀語絕大多數是副詞及形容詞，少數爲詞組，如：

且將正文熟誦。2739

此不是孔子將春秋大法向顏子説。2153

看來子貢初年也是把貧與富煞當事了。529

他們大率偏枯，把心都在邊角上用。2228

狀語也可以是多個，如：

某因將孟子反覆熟讀。1396

須要將一部論語粗粗細細、一齊理會去。2568

體認是把那聽得底，自去心裡重複思繹過。2879

有的副詞作狀語，可以在動詞前面，也可以在介詞「將」、「把」前面，如：

若當時便將霍光殺了，安得爲賢？1134

又不可將無極便做太極。2367

而今人硬把心制在這裡。785

便把自意硬入放在裡面。444

只管將物事堆積在上。2813

將這四個只管涵泳玩味。1917

上例中的副詞「便」、「硬」、「只管」現代漢語一般都只放在介詞前面。

《朱》中處置式否定式，多數是否定詞在介詞「將」、「把」之前（「將」27 例，占 81.8%；「把」17 例，占 81%），如：

近世儒者，不將聖賢言語爲切己之事。2757

都不把那個當事。1461

少數是否定詞置於動詞之前（「將」6 例，占 18.2%；「把」4 例，占 19%），如：

將聖人言語亦不信。2976

便把那行不當事。706

否定詞置於介詞之前已屬主流，但仍有一部分置於動詞之前，這說明，《朱》中處置式否定詞的位置，還有一定的隨意性，這是早期近代漢語的特點之一。以後的《水》《金》中也還有否定詞置於動詞之前的現象，自然比例更小；現代漢語，置於動詞之前僅見於某些熟語，所謂熟語，也就是近代漢語的殘留。

四、介賓詞組

關於《朱》中處置式介（「將」、「把」）賓詞組的特點，主要表現爲省略與並存。

（一）省略

一般來說，介詞「將」「把」和賓語都要出現，整個介賓詞組也要出現，但也有某種省略。

1、賓語省略

《朱》中處置式介詞「將」、「把」的賓語有相當數量的省略（「將」有 65 例，占 14.7%；「把」有 119 例，占 42.2%），絕大多數是動詞帶表認定結果賓語的句子，如：

靈源與潘子其書，今人皆將〔　〕做與伊川書。3040

他曉得禮之曲折，只是他說這是個無緊要底事，不將〔　〕爲事。2997

不赴科舉，也是匹似閒事。如今人才說不赴舉，便把〔　〕做掀天底事。245

今有恣爲不忠不孝，冒廉恥，犯條貫，非獨他自己不把〔 〕作差異事，有司也不把〔 〕作差異事。245

也有少數其他的處置式，如：

要之，人精神有得亦不多，自家將〔 〕來枉用了，亦可惜。2874

後來有一好硯，亦把〔 〕與人。2567

介語賓語的省略，是有前提的，即不致引起誤解或費解，一般被省略的賓語在前文已經出現過。

2、介詞省略

《朱》中有少量的幾個處置式並列或連用。其中少數是每個處置式都出現介賓詞詞組，如：

今之學者說正心，但將正心吟詠一晌；說誠意，又將誠意吟詠一晌；說修身，又將聖賢許多說話修身處諷誦而已。133

如已有三數，更把個三數倚在這裡成六，又把個三數倚在此成九。1966

多數是介詞只出現在前一個處置式裡，後面的處置式中，介詞便承前省略，只剩下介詞的賓語，如：

不可將左腳便喚做右腳。〔 〕右腳便喚做左腳。995

須是將伏羲畫底卦做一樣看；〔 〕文王卦做一樣看；〔 〕文王周公說底《彖》《象》做一樣的看；〔 〕孔子說底做一樣看；〔 〕王輔嗣伊川說底做一樣看。1645

若把君臣做父子，〔 〕父子做君臣，便不是禮。1044

3、介賓詞組省略

並列處置式中，也有極少數介賓詞組只見於第一個處置式，後面各處置式的介賓詞組則承前省略，如：

把一個空底物，放這邊也無頓處，〔 〕放那邊也無頓處；〔 〕放這邊也恐撕破，〔 〕放那邊也恐撕破。2826

並列處置式都是由幾個意義聯繫極爲緊密的處置式並列而成，這種「緊密」，不僅給介詞或介賓詞組的承前省略提供了可能，甚至也提出了需要，因爲這種省略可以收到語句精鍊的效果。

在《祖》中，處置式的介賓詞組，上述的第 2、3 兩類省略均未發現，第 1 類的省略也只見於「將」字句（不見於「把」字句）而且數量極少。《朱》書三類省略表示，處置式在介賓詞組的用法方面，也有了很大的發展，顯得靈活、豐富，此後的《水》《金》乃至今日，似乎還未超出範圍。

（二）並存

這裡說的「並存」，指的是在一個處置式中，不止一個介（「將」、「把」）賓詞組，而是有多個介賓詞組並存。《朱》中處置式，一般都是一個介賓詞沮，只有極少數有多個介賓詞組，如：

卻硬要將飯將酒塞入他口，不問他吃得吃不得。2976

這例中「將飯」、「將酒」並存，說明動作「塞」的受事不止一個（「飯」或「酒」）而是兩個（「飯」與「酒」）。這種一個動作涉及多個受事的處置式，《朱》書是採取一個介詞帶多個賓語（仍是一個介賓詞組）的辦法，如：

將正契及公案藏匿。395

賊仁便是將三綱五常、天敘之典、天秩之理，一齊壞了。1227

卻不是把性與心作仁看！475

因此，前例的「將飯」「將酒」可以合併爲「將飯與酒」。並成一個介賓詞組，顯得緊湊、精鍊；分成兩個或多個介賓詞組，顯得拖沓、重複。看來，這種「並存」，並不能起積極作用，故而《朱》書極少，他書也難找到，今天更是不用。

五、介賓詞組與動詞之間的關聯詞語

《朱》書處置式的介賓詞組與動詞之間，多數是不加起關聯作用的詞語的，加上這類詞語的只是少數，所加的一般爲「來」「去」，極個別的爲「而」。

（一）「來」、「去」

對加在介賓詞組與動詞之間的「來」「去」，該如何看待？先列幾個例子：

但將不誠處看，便見得誠；將不敬處看，便見得敬；將多欲來看，便見得寡欲。408

且將已熟底義理玩味。178

若能將聖賢言語來玩味，見得義理分曉。2746

這些例中的「將」、「把」，自然都是介詞，不是動詞。從這些例子可以看出，加與不加「來」、「去」，句子意思都沒有什麼不同（例一的「將……看」「將……看」與「將……來看」，例二的「將……玩味」與例三的「將……來玩味」）。這是否可以認爲，正如「將」「把」由動詞虛化爲介詞一樣，趨向動詞「來」、「去」也隨著「將」、「把」的虛化而虛化爲助詞。此種「來」、「去」的動作趨向義已經極弱乃至喪失，似乎僅僅起湊一個音節的作用。

《朱》中，使用「來」、「去」這類助詞，不但見於處置式，也見於「將」、「把」表工具格的句子，如：

易疏只是將王輔嗣注來虛說一片。2206

且將他說去研究。2619

他須要把道理來倒說，方是玄妙。1538

故學禪者只是把一個話頭去看。3018

——以上是處置式例

便將這知得不是底心去治那不是底心。376

不是把個心來正個心。2899

都未要把自家言語意思去攙他底。266

——以上是工具格例

《朱》書中，處置式以加助詞「來」爲主（「將」有141例，占85%，「把」有47例，占88.7%），以加助詞「去」爲次（「將」有25例，占15%；「把」有6例，占11.3%）

處置式介賓詞組與動詞之間加助詞「來」、「去」，這是近代漢語的一個特點，而《朱》顯得尤爲突出，表現在如下兩個方面。

1、從範圍和幅度來看

《祖》中不用「去」，只用「來」；不見於「把」字句，只見於「將」字句；而且數量極少，僅占總數（109例）的4.6%，可以說，還只是處於萌芽、興起時代。到《朱》中，「將」字句用「來」、「去」的占總數的 23.2%，「把」字句用「來」、「去」的占總數的 20.2%，都超過了五分之一，似達高峰。而到《水》《金》中，比重已很小，而且一般只用「來」不用「去」。現代漢語用這類助詞（只限於「來」）僅限於某些韻文，不見於散文。

2、從使用條件看

《朱》中助詞「來」、「去」前面的介詞賓語名詞和後面的動詞，可以是單音節詞，也可以是雙音節詞，沒有什麼限制，相當自由。而以後的《水》中，情況則不相同。香阪順一先生認爲，一般或者介詞賓語名詞爲單音節，或者動詞爲單音節〔註5〕。這說明到《水》時，助詞「來」的調整音節、緩和語氣的作用更強了。

（二）「而」

介賓詞組和動詞之間加上連詞「而」，只見於「將」字句，且爲數極少。如：

將已裁定者而推行之，即是通。1937

處置式的介賓詞組在句中是充當狀語。「而」是古漢語的一個連詞，有連接狀語和動詞的作用。此例的「而」正起這樣的作用，並且例中的動詞賓語爲復指介詞賓語（「已裁定者」）的代詞「之」，明顯是古漢語類推所致，所以句子顯得文言氣息很濃。眞正的白話語句，是不會使用連詞「而」的。

最後，將前面所述簡結如下。

（一）唐前後萌芽的「將」、「把」由動詞虛化爲介詞的過程，到宋代的《朱》中已經基本完成。

（二）《祖》、《朱》表明，介詞「將」、「把」的使用頻率，唐宋以「將」爲主，以「把」爲次，宋以後即朝著相反的方向（「將」次「把」主）發展。

（三）唐代《祖》中，「將」、「把」用於工具格與用於處置式，兩者比例大體相當，到宋代《朱》時便已形成了處置式多而工具格少的格局。

（四）「將」、「把」用於處置式，句子的各種成份，特別是動詞的後附部分

〔註5〕見香阪順一《水滸語彙の研究》，光生館，昭和 62 年，第 356～357 頁：東京・中譯本《水滸詞匯研究・虛詞部分》（香阪順一著，植田均譯、李思明校），文津出版社，1992 年，第 325 頁。

和前附部分，豐富多樣，句子框架相當完備，説明《朱》比起《祖》來，又前進了一大步，現代漢語處置式的句式宋時已基本形成。

（五）介賓詞組與動詞之間，助詞「來」、「去」的大量使用；介詞賓語的大量省略，介詞的不同方式的省略，介賓詞組的並存；處置式單音節孤獨動詞有一定的數量，且全部用於散文，雙音節孤獨動詞全爲並列合成詞；動詞賓語主要表示認定的結果，以及動詞賓語復指介詞賓語；否定詞及某些副詞狀語的位置比較自由；介賓詞組與動詞之間使用連詞；尚未出現超長度的介詞賓語、介詞賓語表處所、動詞省略等類的特殊處置式，等等。這些都體現了早期近代漢語用介詞「將」、「把」的處置式的比較鮮明的特色。

（原載《安慶師範學院學報（社會科學版）》1994 年 1 期）

《朱子語類》中的「將（把）」字句

本文介紹《朱子語類》〔註 1〕中「將（把）」字句的使用情況，並與《祖堂集》及《水滸》、《金瓶梅》進行比較，揭示近代漢語早期「將（把）」字句的一些特點。

一

《朱》中的「將」「把」都可用作動詞。

「將」：說文，「帥也」，即率領、帶領之意，由此義引申為「持」「拿」。《朱》中動詞「將」全表此引申義，用於表動作趨向的場合，著眼於動態，因此，使用時其後都帶趨向動詞，如：

今日有一朋友將書來。2879

或置之僻處，又被別人將去。719

唐初每事先經中書省，中書做定將上，待旨再下中書，中書付門下。3070

又將起扇子云，……2854

更是他書了，亦不將出來。2665

縱使他做得了將上去，知得他君是看不看？2458

〔註 1〕《朱子語類》，中華書局，1986 年版，下文均簡稱《朱》。

「把」:《說文》,「握也」。《朱》中動詞「把」90%(44 次)表示此義,用於表示動作結果,狀態的場合,著眼於靜態。因此,使用時其後絕大多數(81.5%)都跟結果補語或處所補語,少數跟「了」「著」,極個別的不跟補語與助詞。如:

定要把得心定。1235

老氏便要常把住這氣,不肯與他散。317

關了門,閉了户,把斷了四路頭。163

又如要知得輕重,須用稱方得。有拈得熟底,只把在手上,便知若干斤兩。2850

且如今有些小物事,有個好惡,自去把了好底,卻把不好底與別人。757～758

須是如射箭相似,把著弓,須是射得中,方得。2513

「執其兩端」之「執」,如俗語謂把其兩頭。1524

只有極小部分(10%,5 例)是用由「握」義引申而來的「持」、「拿」義,與動詞「將」同,其後帶趨向動詞,如:

如暗室求物,把火來,便照見。131

唐以前,「將」「把」一般只作動詞。唐以來,便比較多地虛化爲介詞。這種虛化,來源與著眼於動態的動詞「持」「拿」義有直接關係,而與著眼於靜態的動詞「握」義關係不大。因此,談「將」「把」的動詞虛化,只是就表「將」「拿」義的動詞而言。動詞「將」「把」的虛化,從歷史發展的角度來看,可以說是比較快的。在晚唐的《祖堂集》〔註 2〕中,「將」作動詞占 43.5%(84 次),作介詞占 56.5%(109 次);「把」作動詞占 18.3%(13 次),作介詞占 82.7%(58 次)。二詞用作介詞都已超過了用作動詞。而在《朱》中,「將」作動詞占 3.7%(41 次),作介詞占 96.3%(1067 次);「把」作動詞占 1.3%(5 次),作介詞占 98.7%(392 次)。這種近乎兩極的百分比說明,到《朱》時,無論是「將」,還是「把」,都已基本上完成了動詞虛化的過程。此後的《水滸》《金瓶梅》中,「將」「把」作動詞只是偶而爲之,比例更小;現代漢語則很難見到。

〔註 2〕《祖堂集》,日本中文出版社,1974 年版,下文均簡稱《祖》。

二

《朱》中，「將」「把」作介詞，都有引進工具與表處置兩大用途。這裡，先介紹介詞有關使用頻率方面的兩種百分比。

（一）「將」與「把」

介詞「將」「把」雖然大致同時由動詞虛化而來，但其使用頻率在不同時期有著很大的差別與變化。我們不妨把《朱》和《祖》《水滸》《金瓶梅》對照來看。四書中，「將」「把」的使用次數〔註 3〕及所佔百分比如表一。

表一

	「將」字句		「把」字句	
	次數	%	次數	%
《祖》	109	65.3	58	34.7
《朱》	1067	73.1	392	26.9
《水》	260 餘	16.3	1034 餘	83.7
《金》	49	9.6	459	90.4

從表一可知，《祖》《朱》二書中，「將」都是「把」的二～三倍，這可以說明，唐宋時期是以「將」爲主，以「把」爲次。這種「將」主「把」次到《朱》時似達高峰，此後即朝著相反的方向發展，到《水》《金》則是「把」處壓倒優勢，「將」處絕對劣勢；到現代漢語，口語中已是「把」的一統天下，「將」則處於書面語位置。

（二）工具與處置

介詞「將」「把」用於引進工具與表處置的使用次數及所佔的百分比，不同時期亦有變化。四書情況如表二：

〔註 3〕《祖》、《朱》的數據由筆者統計所得；《水滸傳》（下文均簡稱《水》）的數據取自向熹「『水滸』中的『把』字句、『將』字句和『被』字句」（《語言學論叢》第二輯，上海教育出版社，1959 年）；《金瓶悔》（下文均簡稱《金》）的數據取自許仰民「『金瓶梅詞話』的『把』字句」（《信陽師範學院學報》1990 年第 4 期）。

表二

	「將」字句				「把」字句			
	工具		處置		工具		處置	
	次數	%	次數	%	次數	%	次數	%
《祖》	61	56	48	44	12	46.2	14	53.8
《朱》	262	24.6	805	75.4	60	15.3	332	84.7
《水》	40 餘	15.4	220 餘	84.6	270 餘	20.1	1070 餘	79.9
《金》	7	14.3	42	85.7	65	14.2	394	85.8

從表二可知，「將」「把」用作引進工具與處置，在《祖》中，都是大體相當，差別不太大；到《朱》中，即已形成了引進工具少而表處置多的格局；此後《水》《金》也都是在《朱》的百分比基礎上略作沉浮；現代漢語仍然維持《朱》的格局。

王力先生說：「就處置來說，在較早時期，『將』字用得較多」，並在此句的附注中又提到，「就工具語來說也是如此」〔註 4〕。上面表一與表二表明，王先生的說法是符合語言實際的。

下面分別就引進工具與表處置兩方面分別介紹《朱》中「將（把）」字句的使用情況及其特點。

三

這裡所說的引進工具，是廣義的，即包括引進進行動作的工具和動作的範圍、角度這兩個內容。

（一）引進進行動作的工具

《朱》中引進工具，「將」有 227 例，「把」有 48 例。「將」「把」後的賓語，大多數是名詞語，如：

> 學者爲學，譬如煉丹，須是將百十斤炭火煆一餉，方好用微微火養教成就。今人未曾將百十斤炭火去煆，便要將微火養將去，如何得會成！137

〔註 4〕見王力《漢語史稿》中冊，科學出版社，1958 年，第 412 頁。

今日是，明日非，不是將不是底換了是底。225

只是把他格式檃括自家道理。247

某在南康時，通上信書啓，只把紙封。1009

少數爲代詞，如：

言將甚底看它，它都無了。639

只是錢王府將此搖動人心。3287

除「將（把）」結構後比較多地使用助詞「來」「去」（下面第五部分將論及）外，總的來說，「將（把）」引進工具的用法比較單純，也相當穩定。《朱》以後至今變化不大。

（二）引進動作的範圍、角度

《朱》中，引進動作的範圍、角度，使用介詞「將」（35 例）與「把」（12 例），相當於現代漢語的「就」「從」。如：

詩無理會，只看大意，若要將理去讀，便礙了。2082

今只將紙上語去看，便道溫公做得過當。2693

把聖賢言語來看，全不如此。3011

如溫公所做，今只論是與不是，合當做與不合當做，如何說他激得後禍！這是全把利害去說。2963

當然，引進動作範圍角度，《朱》中更多地是使用介詞「從」「就」「以」等，如：

且將論語從「學而時習」讀起，孟子將「梁惠王」讀起，大學從「大學之道在明明德」讀起，中庸從「天命之謂性」讀起。2902

而今就天裡看時，只是行得三百六十五度四分度之一。若把天外來說，則是一日過了一度。15

以緩急論，則智居先；若把輕重論，則聖爲重。1369

第一例的第二小句的「將」與其他三小句的「從」並用，第二例與第三例的「把」則分別與「就」「以」並用。

介詞「將」「把」引進動作的範圍、角度，應是《朱》中「將（把）」字句的一個特點，因爲此前的《祖》沒有此種情況，此後的《水》、《金》也難找到，現代漢語更是如此。

四

表示處置是介詞「將」「把」的主要用途，不僅使用次數最多（見表三），而且用法也比較複雜，有不少特點。下面分別從單獨動詞、動詞的後附部分與動詞的前加部分三個方面介紹。

（一）單獨動詞

所謂單獨動詞，是指處置式中的謂語動詞，除「將（把）」實詞組外，前後不帶任何附加成分，具體來說，不帶狀語、賓語、補語或助詞等。《朱》中處置式也出現一些單獨動詞，動詞可分單音節與雙音節兩類。

1、單音節動詞（「將」字句 43 例，「把」字句 9 例）

「將」字句單音節動詞多數用於複句，少數用於單句，如：

只將十二卦排，便見。2470

讀論語，須將精義看。441

遂將吏人並犯者訊。2641

「把」字句單音節動詞則全用於複句，如：

只把「上下」「前後」「左右」等句看，便見。363

授大學甚好，也須把小學書看。2845

2、雙音節動詞（「將」字句 17 例，「把」字句 2 例）

學者問仁，則常教他將「公」字思量。2455

把聖賢思量，不知是在天地間做甚麼也。2811

從上面可以看出，《朱》中單獨動詞有著鮮明的特點：

單音節動詞全部用於散文句。《朱》以後的《水》《金》等作品中，都主要用於韻文，很少用於散文；現代漢語不再用於散文，只是偶而用於韻文。

雙音節動詞全部是並列合成詞，而沒有動結式合成詞；《水》《金》中則兩者均有，現代漢語則多半爲動結式合成詞。

呂叔湘先生說：「沒有後置成分或特殊的前置成分的把字句，在早期及現代的韻文裡都非常普通，這大概爲了押韻，……單以散文而論，也還有些個這種句子，雖然在總數裏不會超過百分之二、三。」〔註 5〕這裡的「早期」，以舉例

〔註 5〕見呂叔湘《漢語語法論文集》，商務印書館，1984 年，第 197 頁。

來看，是指宋以後的元明清。而在宋代的《朱》中，單獨動詞（均只用於散文）在「將」字句中即占 7.5%，「把」字句中占 3.3%，在「將」「把」總數中占 6.2%，遠遠高於宋以後的「百分之二、三」，這不能不說是反映了早期近代漢語的《朱》的一大特點。

（二）動詞的後附部分

《朱》中處置式謂語動詞的後附部分有賓語、補語和助詞。

1、賓語

處置式上，介詞「將」「把」的賓語，在意念上即爲動作的受事者，一般來說，動詞後面不會再有賓語。但由於種種情況，動詞後仍可帶賓語。《朱》中處置式的動詞後也帶賓語：「將」字句有 29.2%（235 例），「把」字句有 73%（255 例），「把」字句明顯高於「將」字句。

根據對介詞「將（把）」賓語的關係，動詞賓語有如下五種情況。

（1）動詞賓語為間接受事，介詞賓語為直接受事，如：

遂將女妻之。710

而今且將百里地與你，教你行王政。2301

歐九得書，教將錢與公。3092

又把兄之女妻之。710

夫子便把這索子與他。673～674

今且做把一百里地封一個親戚或功臣。2220

（2）動詞賓語所指事物是介詞賓語所指事物的一部分，如：

近來胡五峰將周子通書盡除去了篇名。1675

某之祭禮不成書，只是將司馬公者減卻幾處。2313

有的動詞賓語前有定語「其」，這個「其」明顯是復指介詞賓語，如：

將此將官家兵器皆去其刃。3292

（3）動詞賓語復指介詞賓語，如：

卻將書於背處觀之。2642

後來先將文義分明者讀之。1982

（4）表示認定的結果

這是指動詞賓語爲對介詞賓語所表事物認定的結果，動詞一般爲「做」「作」，如：

後世將聖人做模範。2909

即是將「神」字亦作「鬼」字看了。1895

無他，只是把事做等閒。2884

王弼說此，似把靜作無。1798

少數是「爲」「當」，如：

若將坤爲太極，與太極圖不同，如何！1617

誰將你當事。3291

若便把這個爲補試之地，下梢須至於興大獄。2703

看來子貢初年也是把貧與富煞當事了。529

個別爲「喚做」「喚作」，如：

將物便喚做道，則不可。1496

便將何者喚作德也？3206

只是把寬慈底便喚做王。3228

不可把虛靜喚作敬。1896

（5）表示變化的結果

這是指介詞賓語所表示的事物，由於受動詞所表示的動作的作用而變爲新的狀態，如：

不成要將此病變作彼病！3089

如何把虛空打做兩截！3030

上述五類中，除（1）類中的名詞活用爲動詞（「妻」）和（4）類中動詞爲單純詞（「做」「作」「爲」「當」）者外，其他介詞賓語均可還原至動詞之後，這有種種情況：（1）類可以還原爲動詞直接賓語（如「與你百里地」）；（2）類可以還原爲動詞賓語的定語（如「盡除了周子通書篇名」），或取代原動詞賓語的定語「其」（如「皆去兵器之刃」）；（3）類亦可還原於動詞之後取代「之」作賓語（如「於背處觀書」）；（5）類及（4）類中動詞爲連動式縮合的，介詞賓語可以還原到第一動詞之後作賓語（如「變此病作彼病」、「便喚物做道」）。

各類賓語的出現次數及其所佔的百分比如表三。

表三

	(1)類		(2)類		(3)類		(4)類		(5)類	
	次數	%	次數	%	次數	%	次數	%	次數	%
「將」字句	28	11.9	5	2.1	12	5.1	163	69.4	27	11.5
「把」字句	20	7.8					231	90.6	4	1.6

從表三可以看出：「將」字句和「把」字句都是以（4）類賓語爲主，這自然與《朱》書的語錄論說文體有關（也是造成賓語出現眾多的主要原因）；「將」字句賓語種類多而「把」字句賓語種類少；用於（4）類賓語的，無論數量還是百分比，「把」字句都遠遠超過了「將」字句。

2、補語

《朱》中，處置式動詞後可帶補語（「將」字句有 202 例，「把」字句有 72 例），補語有結果、趨向、處所、動量四種。

（1）結果補語

多數是形容詞或動詞附於謂語動詞之後，如：

公只將那頭放重，這頭放輕了，便得。2854

將他那窠窟盡底掀番了。1540

是他從來只把這個做好了。1119

都把文義說錯了。1379

少數是詞或詞組附於助詞「得」之後，如：

惟曾子將忠恕形容得極好。698

東萊將鄭忽深文詆斥得可畏。2109

後人把文王說得恁地，卻做一個道行者看著。1229

（2）趨向補語

盡將今所諱忌，如「正心誠意」許多說話，一齊盡說出。3180

故須將日常行底事裝荷起來。139

視是將這裡底引出去。1062

今姑把這個說起。2370

無忠，把甚麼推出來！696

有時補語前還可以加助詞「將」，如：

公且試將所說行將去。2934

便反把己意接說將去。2811

（3）處所補語

基本上都由介詞詞組充當，介詞主要是「在」，少數是「於」「到」，如：

如中間卻將曲禮玉藻又附在末後。2187

分明是將一片木畫掛於壁上。1942

所以須著將道理養到浩然處。1259

今官司只得且把他兒子頓在一邊。2645

他又把佛家言語參雜在裡面。2991

少數爲名詞語，如：

只是將此一禪橫置胸中。3030

才將此身預其間，則道理便壞了。1850

（4）動量補語

將禮書細閱一過。3067

教人只將大學一日去讀一徧。251

今之學者說正心，但將正心吟誦一晌。133

人且逐日把身心來體察一遍。2526

帶上述各類補語的處置式，其介詞「將」「把」的賓語一般也可以還原於動詞之後，如《朱》中就有這樣一些例子：

讀書，須是窮究道理徹底。163

只是他放出無狀來。2996

常常存個敬在這裡，則人欲自然來不得。206

假饒讀得十遍，是讀得十遍不曾理會得底書耳。165

這些分別帶前四類補語的動賓句，如果用「將」或「把」把賓語「道理」「無狀」「敬」「不曾理會得底書」提到動詞前，便成爲處置式了。

3、時態助詞

《朱》中處置式中動詞後跟的時態助詞，基本上是「了」，極個別的爲「過」，如：

不要將己意斷了。2628

將聖賢說底一句一字都理會過。2812

到本朝，都把這樣禮數並省了。2310

體認是把那聽得底自去心裡重複思量過。2616

動詞後的附加種種成分，特別是雙賓語和補語，是促進「將（把）」字處置式產生並大量使用的一個很重要的原因，因爲處置式將賓語提前後，這些後附成分有利於句子結構的調整與均衡。

（三）動詞的前附成分

處置式中動詞的前附成分是指謂語動詞前面除了「將」「把」的介賓結構以外的其他成分。這種前附成分基本上是狀語，個別爲連詞。

1、狀語

《朱》中處置式動詞前面的狀語，絕大多數是副詞及形容詞，少數爲詞組，如：

某見人將官錢胡使，爲之痛心！2642

且將正文熟誦。2739

看來子貢初年也是把貧與富煞當事了。529

只把這個熟看，自然曉得。438

此不是孔子將春秋大法向顏子說。2153

意間欲將周禮中天子祭禮逐項作一總腦。2188

他們大率偏枯，把心都在邊角上用。2228

處置式動詞前的狀語，一般只有一個，少數可以不止一個，如：

某因將孟子反覆熟讀。1396

須要將一部論語粗粗細細，一齊理會去。2568

體認是把那聽得底，自去心裡重複思繹過。2879

下面介紹某些狀語的位置。

（1）否定詞

《朱》中處置式的否定式，多數是否定詞在介詞之前（「將」字句有 27 例，占 81.8%，「把」字句 17 例，占 81%），如：

近世儒者，不將聖賢言語爲切己之事。2757

不曾將這個分作兩事。2963

都不把那個當事。1461

夫人怕人不把九二做大人，別討一個大人。1711

少數是否定詞置於動詞之前（「將」字句 6 例，占 18.2%；「把」字句 4 例，占 19%）。如：

常人只是屑屑惜那小費，聖人之心卻將那小費不當事。620

將聖人言語亦不信，也不去講貫。2976

只緣輕易說了，便把那行不當事。706

今人所以悠悠者，只是把學問不曾做一件事看。134

否定詞置於介詞之前已屬主流，但仍有一部分置於動詞之前，這說明，《朱》中處置式否定詞的位置，還有一定的隨意性。這是早期近代漢語的特點之一。以後的《水》《金》中也還有否定詞置於動詞之前的現象，自然比例更小；到現代漢語，一般都是否定詞置於介詞之前，置於動詞之前的僅見於某些熟語，所謂熟語，也就是近代漢語的殘留。

（2）「便」「硬」「只管」

這幾個副詞作狀語，在《朱》的處置式中，位置相當自由：可以在介詞之前，也可在動詞之前，如：

若當時便將霍光殺了，安得爲賢？1134

又不可將無極便做太極。2367

只是便把光做燈，不得。2484

今且怕人把未定之論便喚做是。2484

——以上是「便」例

見聖人許多言語都是硬將人制縛。253

看書，不可將自己見硬參入去。185

而今人硬把心制在這裡。785

便把自意硬入放在裡面。444

——以上是「硬」例

只管將物事堆積在上。2813

將這四個只管涵泳玩味。1917

若把這些子道理只管守定在這裡。2829

——以上是「只管」例

這類副詞作狀語，現代漢語都是只放在介詞前面，不再放在動詞之前。

2、連詞

介賓詞組和動詞之間，加上連詞「而」，只見於「將」字句，並且爲數極少，如：

將已栽定者而推行之，即是道。1937

也有極少數是狀語和動詞之間加上連詞「而」或「以」，如：

亦將六經孔孟之所載者，循而行之。2757

某無別法，只是將聖賢之書虛心以讀之。2910

這類句子都是文言氣息很濃，且動詞賓語均爲復指介詞賓語的代詞「之」，這明顯是古漢語類推所致。

五

關於《朱》中用於表工具和表處置的「將」「把」字句的介詞結構，準備介紹兩點：介賓結構的一些特點和介賓結構後的助詞「來（去）」。

（一）介賓結構的一些特點

1、介詞賓語的省略

一般來說，「將（把）」字句的介詞賓語是出現的，但《朱》中有相當數量的省略，「將」字句有 65 例，占 14.7%；「把」字句有 119 例，占 42.2%。

介詞賓語省略的處置式，絕大多數（「將」爲 84.6%，「把」爲 92.5%）都是動詞後帶表認定結果的賓語，如：

靈源與潘子其書，今人皆將〔　〕做與伊川書。3040

他曉得禮之曲折，只是他說這是個無緊要底事，不將〔　〕爲事。2997

不赴科舉，也是匹似閒事。如今人才說不赴舉，便把〔　〕做掀天底事。245

孟子所謂弈秋，只是爭這些子，一個進前要攻，一個不把〔　〕當事。2921

少數是動詞不帶賓語的，如：

要之，人精神有得亦不多，自家將〔　〕來枉用了，亦可惜。2874

改文字自是難。有時意思或不好，便把〔　〕來改。2481

個別的「把」字句動詞後帶表間接受事的賓語，如：

後來有一好硯，亦把〔　〕與人。2567

表工具的介詞賓語省略，只見於「將」字句，且僅寥寥幾例，如：

蓋謂餕餘之物，雖父不可將〔　〕去祭子，夫不可將〔　〕去祭妻。2230

介詞賓語的省略，是有前提的，即不致引起誤解或費解，一般來說，被省略的賓語在前文已出現。

2、介詞多賓語與多介賓結構

處置式的介詞一般都是帶一個賓語，只有極少數帶多個賓語，如：

將正契及公案藏匿，皆不可考。395

賊仁便是將三綱五常、天敘之典、天秩之理，一齊壞了。1227

卻不是把性與心作仁看。475

極個別的「將」字句可以連用兩個介賓結構，如：

卻硬要將飯將肉塞入他口，不問他吃得吃不得。2970

3、并列處置式的介詞或介賓結構的省略

《朱》中有少量的幾個處置式並列，其中少數是每個處置式都出現介賓結構，如：

如已有三數，更把個三數倚在這裡成六，又把個三數倚在此成九。1966

多數是介詞只出現在前一個處置式裡，後面的處置式中介詞承前省略，只剩下介詞賓語，如：

不可將左脚便喚做右脚，〔　〕右脚便喚做左脚。995

須是將伏羲畫底卦做一様看；〔　〕文王卦做一様看；〔　〕文王周公説的彖象做一様看；〔　〕孔子説底做一様看；〔　〕王輔嗣伊川説的做一様看。1645

若把君臣做父子，〔　〕父子做君臣，便不是禮。1044

諸家多把「虎兕」喻季氏，〔　〕「龜玉」喻公室，是否？1170

另外，有個別的「把」字句是除第一個處置式外，後面的處置式都是將整個介賓結構全部承前省略，如：

把一個空底物，放這邊也無頓處，〔　〕放那邊也無頓處；〔　〕放這裡也恐攧破，〔　〕放那邊也恐攧破。2826

並列處置式都是由幾個意義聯繫極爲緊密的處置式並列而成，這種「緊密」，不僅給介詞或介賓結構的承前省略提供了可能，甚至也提出了需要，因爲省略可以收到語句精鍊的效果。

在《祖》中，處置式的介賓結構，上述第 2、3 兩類情況均未發現，第 1 類的介詞賓語的省略，也只見於「將」字句（不見於「把」字句），而且數量極少。《朱》中的三類情況說明，介賓結構的使用方面有了很大的發展，顯得靈活、豐富，此後的《水》《金》乃至今日，似乎還未超出此範圍。

（二）介賓結構後的助詞「來（去）」

《朱》的「將（把）」字句中，往往在介賓結構之後加上一個「來」或「去」。對這類的「來」與「去」，如何看待？先看下面幾個例子：

但將不誠處看，便見得誠；將不敬處看，便見得敬；將多欲來看，便見得寡欲。408

且將已熟底義理玩味。178

若能將聖賢言語來玩味，見得義理分曉。2746

若無這個物事，卻把甚麼觀得他！639

才無那寬敬哀三者，便是無可觀了，把甚麼去觀他！639

這些例中的「將」「把」，自然都是介詞，不是動詞。從這些例子可以看出，加與不加「來」或「去」，句意都沒有什麼不同（例一中的「將……看」「將……看」與「將……來看」，例二中的「將……玩味」與例三的「將……來玩味」，例四中的「把……觀得他」與例五的「把……去觀他」）。這是否可以說，正如「將」「把」由動詞虛化爲介詞一樣，「來」「去」也隨著「將」「把」的虛化而虛化爲助詞。此種「來」「去」的動作趨向義已經極弱乃至喪失，似乎僅僅起湊個音節的作用。

《朱》中，「將（把）」字句，無論表工具，還是表處置，都可用助詞「來」或「去」，如：

如今日看得一板，且看半板，將那精力來更看前半板。166

便將這知得不是底心去治那不是底心。376

不是把一個心來正一個心。2899

都未要把自家言語意思去攙他底。266

——以上是表工具之例

易疏只是將王輔嗣注來虛說一片。2206

且將他說去研究。2619

他須要把道理來倒說，方是玄妙。1538

故學禪者只是把一個話頭去看。3018

——以上是表處置之例

《朱》中，「將（把）」字句使用助詞「來」「去」的次數及其所佔百分比如表四。

表四

	「將」字句				「把」字句			
	來		去		來		去	
	次數	%	次數	%	次數	%	次數	%
表工具	34	42	47	58	11	42.3	15	57.7
表處置	141	85	25	15	47	88.7	6	11.3
合　計	175	70.8	72	29.2	58	73.4	21	26.6

從表四可以看出，就不分用途而言，「將」字句和「把」字句都是以「來」爲主，「去」爲次。就分用途而言，表工具，「將」字句和「把」字句均以「去」爲主，「來」爲次；表處置，則都是以「來」佔優勢，「去」處劣勢。

「將（把）」字句使用助詞「來（去）」，是近代漢語的一個特點，而《朱》顯得尤爲突出，表現在兩方面：

a、從範圍和幅度看，《祖》中不用「去」，只用「來」；不見於「把」字句，只見於「將」字句，而且數量極少，僅占總數（109 例）的 4.6%（5 例）。《朱》中，「將」字句用「來」「去」的占總數的 23.2%，「把」字句用「來」「去」的占總數的 20.2%，都占五分之一略強。到《朱》以後的《水》《金》中，「把（將）」字句用這種助詞的比例已很小，而且一般只用「來」，極少用「去」；現代漢語用這種助詞的「把」字句只限於某些韻文，不見於散文。

b、從使用條件看，《朱》中助詞「來」「去」前面的介詞賓語和後面的動詞，可以是單音節，也可是雙音節，相當自由。而以後的《水》中情況則不相同，香阪順一先生認爲，一般或者介詞賓語名詞爲單音節，或者動詞爲單音節〔註 6〕。這說明，到《水》時，助詞「來」的調整音節、緩和語氣的作用更強了。

六

根據上述，最後簡結如下幾點。

（一）唐前萌芽的「將」「把」由動詞虛化爲介詞的過程，到宋代《朱》中已基本完成。

（二）《祖》《朱》表明，介詞「將」「把」的使用，唐宋以「將」爲主，以「把」爲次，宋以後即朝著相反的方向發展。

（三）唐後期的《祖》中，「將」「把」用於表工具與表處置數量大體相當，《朱》中即已形成表處置多於表工具的格局。

（四）介詞「將」「把」用於表工具，用法比較單純，此後變化也不太大；用於表範圍、角度，則似爲《朱》所特有。

〔註 6〕見香阪順一著、植田均譯、李思明校《水滸詞匯研究》，文津出版社，1992 年，第 325 頁。

（五）「將」「把」處置式的各種成份，特別是動詞的後附成份與前附成份，豐富多樣，句子框架相當完備，說明《朱》較《祖》前進了一大步，整個處置式句式已基本形成。

（六）助詞「來」「去」的大量使用；介詞賓語的大量省略，介詞的不同方式的省略與連用；處置式單音節單獨動詞有一定的數量，且全用於散文，雙音節單獨動詞全爲並列合成詞；動詞賓語主要表認定的結果，以及動詞賓語復指介詞賓語；否定詞及某些副詞的位置比較自由；介賓詞組與動詞之間使用連詞；尚未出現超長度的介詞賓語、介詞賓語表處所、動詞省略等類的特殊處置式，等等，這些都體現了早期近代漢語「將（把）」字句的比較鮮明的特色。

總之，可以認爲，「將（把）」字句在宋代的《朱》中，已經發展到了相當成熟的階段。

（原載日本《中國語研究》第36號，1994年）

《朱子語類》的程度副詞

事物的性質、狀態乃至動作、行為，總是在程度上有著千差萬別的。這些差別的等級，自然可以無窮無盡地細分下去，但這樣做，並無多大的實際意義；在生活中，只需粗略地分成幾個大類就可以。對這幾個大的等級，不同的語言以不同的方式表示。就漢語來說，主要是依靠副詞；這類副詞，即所謂程度副詞。漢語的程度副詞，和其他語言成份一樣，是不斷發展變化的；這種發展變化，主要體現在具體用詞及詞的具體用法上。本文介紹的是《朱子語類》〔註 1〕的程度副詞，除對各詞進行靜態的描述外，也作一些動態的歷史比較。通過這些描述與比較，可以看出《朱》所反映的宋代近代漢語在程度副詞方面的基本面貌。

《朱》書中的程度副詞，大致可分五大類：最高級、過甚級、普高級、輕微級和遞進級。

一、最高級

這類副詞表示程度高到極限，有 9 詞。

1、〔最〕〔最是〕〔最為〕

〔最〕:《說文》:「最，極也。」在先秦即已使用，以後各個時期都普遍使

〔註 1〕本文根據的是中華書局 1986 年版的《朱子語類》，下文均簡稱《朱》，例句後數字是指該書的頁碼。

用，可以說是個歷史悠久而又相當活躍的口語詞。《朱》中，「最」主要修飾形容詞、助動詞以及表情緒、希求、評價等一類內心抽象活動的動詞，這也是現代漢語最主要的用法。

而「察」字最輕，「習」字最重也。215

范純夫《語解》比諸公說理最平淺，但自有寬舒氣象，最好。2758

性最難說，要說同亦得，要說異亦得。58

《孟子》「牛山之木」一章，最要看「操之則存，捨之則亡。」2848

某舊最愛看陳無幾文。3321

解說經義，最怕如此。1809

「最」的下列用法在現代漢語中沒有得到保留：

a、修飾判斷句的謂語

此最是語病。456

看出此最是一件大工夫。229

呂夷簡最是個無能底人。3088

此最釋經之大病。561

b、修飾動賓詞組

這種動賓詞組是對主語性質狀態的描述，動詞一般表示存有。

悠悠於學者最有病。2750

後人遂將來妄解，最無道理。583

如今人最沒道理，是教人懷牒來試計教官。2700

《新史》最在後。3275

某尋常最居人後。2619

c、修飾動補詞組

伊川最說得公道。2664

「驟進」二字，最下得好。163

禪家最說得高妙去。3011

〔最爲〕〔最是〕:「最爲」在漢代即已使用,「最是」出現於六朝。兩詞的使用頻率及適用範圍均比「最」要小。從用途上看,兩者似是相互補充:「最爲」一般只修飾雙音節形容詞,少數修飾動詞語;「最是」則一般只修飾助動詞、動詞(不限於心理活動類)和主謂結構、句子。

此說最爲的確。2862

此條,程先生說讀書,最爲親切。444

才說一「悟」字,便不可窮詰,不可研究,不可與論是非,一味說入虛談,最爲惑人。2940

「格物而後知至」,最是要知得至。1173

今來最是喚做賢良者,其所作筆論,更讀不得。2701

最是古人斷機,譬喻最切。897

這般事,最是宰相沒主張。2661

在現代漢語中「最爲」只偶見於書面語,「最是」則完全不使用。

2、〔極〕〔極為〕〔極是〕〔極其〕

〔極〕:《說文》:「極,棟也。」段注:「引申之義,凡至高至遠皆謂之極。」再引申作表程度最高的副詞,在先秦即已使用,以後各個時期均普遍使用,也是一個歷史悠久的口語詞。「極」主要作狀語,少數作補語。

作狀語,一般修飾形容詞、助動詞和動詞,這些用法一直保留到今天。

格物、致知,是極粗底事;「天命之謂性」,是極精底事。293

此章之義,似說得極低,然其實則說得極重。973

仰山廟極壯大。45

元城極愛說話。1703

有一先生教人極有條理。174

極用仔細玩味看。823

「極」還可以作整個動補詞組,這點沒有保留到現代漢語。

胡文定說輒事,極看得好。1101

因論二蘇《刑賞論》,極做得不是。3114

作補語，一般是「形／動＋極」，少數爲「形／動＋極＋了」、「形／動＋得＋極＋了」。

苟常持得這志，縱血氣衰極，也不由他。2623

不知到羅浮靜極後，又理會得如何。2602

天下有許事物事，想極，物自入來。3006

蓋是飢餓極了。3185

只是被李先生靜得極了，便自見得是有個覺處，不似別人。2604

「極」與「最」的區別主要是：「極」是單純地表「最高」，「最」則往往還有在和其他事物比較中表「最高」，儘管其比較項不一定列出；「極」不用於判斷句謂語之前；「最」者重於心理活動的動詞，「極」則不限；「最」不單獨作補語。

〔極爲〕〔極是〕〔極其〕：「極爲」出現較晚，「極是」「極其」則是新起之詞。在《朱》中，都用得很少。三詞都修飾形容詞（一般爲雙音節）：

壽皇晚來極爲和易。3060

只如《諭俗》一文，極爲平正簡易。3091

此語極是親切。695

如曾子平日用工極是子細。2828

他便撰許多符咒，千般萬樣，教人理會不得，極是陋。2991

聖人極其高大，人自難企及。960

君子入朝，自然極其恭敬。518

爲子極孝，爲臣極其忠。133

「極是」還可以修飾動詞語：

如子貢雖所行未實，然他卻極是曉得，所以孔子愛與他說話。720

天行健，這個物事極是轉得速。14

在現代漢語中，「極其」「極爲」也還使用，但偏於書面語；「極是」則完全不用。

3、〔絕〕

《說文》:「絕,斷絲也。」段注:「絕則窮,故引申爲極,如絕美絕妙是也。」作爲最高級程度副詞,在漢代即已萌芽,魏晉時已流行使用。用得極少,使用範圍也極窄,只限於修飾幾個單音節形容詞:

「克、伐、怨、欲」,此四事,自察得卻絕少。2766

張文潛詩只一筆寫去,重意重字皆不同,然好處亦是絕好。3330

個別的可單獨作補語:

蜚卿問山谷詩,曰:「精絕」!3329

現代漢語中,「絕」罕見於書面語,且不單獨作補語。

4、〔頂〕

《說文》:「頂,顛也。」段注:「引申爲凡在最上之稱。」作爲最高級程度副詞,出現最晚,在《朱》中也屬罕例:

星圖甚多,只是難得似。圓圖說得頂好。22

《朱》以後長期一直很難在作品中找到此詞,可能是當時的方言詞。今天江南諸方言仍廣泛使用「頂」,它已進入共同語。

二、過甚級

這類副詞表示程度超過了一般的限度,有7詞。

1、〔過〕〔過於〕

〔過〕:古代漢語中,「過」是表示經過、超過的動詞,以後又引申爲表過甚的程度副詞,魏晉時開始流行。《朱》中,「過」修飾單音節形容詞,一般只用於言行方面的過度,且多帶不好的色彩:

時舉說文字,見得也定,然終是過高而傷巧。1153~1154

只得隨其淺深厚薄,度吾力量爲之,寧可過厚,不可過薄。1006

中道之人,有狂者之志,而所爲精密;有狷者之節,又不至於過激,此極難得。1109

〔過於〕:用得很少:

到曾子，便過於剛，與孟子相似。1110

看文字，不可過於疏，亦不可過於密。2911

現代漢語中，「過」的適用範圍有所擴大，且不限於言行方面；「過於」則一般用於書面語，且後面跟雙音節形容詞或動詞。

2、〔太〕〔大$_1$〕〔太煞〕

〔太〕:《廣韻》:「太，甚也，大也。」古代漢語即已使用。《朱》中用得很多，主要修飾形容詞，個別修飾動詞：

只是下面「致其身、竭其力」，太重，變易顏色太輕耳。500

凡人做文字，不可太長。3322

他太聰敏，便說過了。1146

便只是某不合說得太分曉，不似他只恁地含糊。2960

世間人多言君子小人相半，不可太去治他。1759

〔大$_1$〕: 古代「大」「太」常通用，表程度之過甚，在《朱》已用得極少：

若理會著實行時，大不如此。2299

又，解題之類亦大多。2636

〔太煞〕: 是個新起的口語詞，還用得極少：

到得可與權時節，也是地位太煞高了。990

周子說出太極，已是太煞分明矣。156

現代漢語中，「太」是最常用的一個詞，「大$_1$」「太煞」則完全不用。

3、〔忒〕〔忒煞〕

〔忒〕:《說文》:「忒，更也，」變更之意。段注：「忒之引申爲已甚，俗語用之。」可見「忒」是個新起的口語詞。《朱》中用得還不很多，用法比「太」要靈活些。主要修飾形容詞，單雙音節均可：

吾友看文字忒快了。2799

山谷詩忒好了。3329

後人求之太深，說得忒夾細了。954

後人便自做得一般樣，忒好看了。1008

少數修飾動詞語或描寫性成語：

孔子卻是爲見春秋時忒會戰，故特說用教之以孝悌忠信之意。1114

某舊時忒說闊了、高了、深了。339

到這般處，又忒欠得幾個秀才說話。3043

伯恭《大事記》忒藏頭亢腦，如摶謎相似。2634

〔忒煞〕：用得很少，多用於雙音節形容詞或多音節動詞：

陳少南要廢《周南》，忒煞輕率。542

覺得忒煞過當。2229

如今人又忒煞不就自身己理會。2484

現代漢語中，「忒」仍是北方常用的方言詞，「忒煞」則不用。

三、普高級

這類副詞所表示的程度，既不是最高，也不是過甚，而是一般的、普通的很甚。當然這種很甚，也不完全在一個程度平面之上，細分起來，可有兩類：A 類，表普通的「很」；B 類，表比「很」高一點兒的「非常」。

A 類：有 7 詞

1、〔甚〕〔甚為〕〔甚是〕

〔甚〕：《說文》：「甚，大安樂也。」段注：「引申凡殊尤皆曰甚。」古代漢語常用作表「過份」的程度副詞，以後程度逐漸弱化，表示一般的「很」。《朱》中，「甚」是表普高程度用得最多的一個口語詞。一般修飾形容詞及動詞，作狀語：

然此事甚大，亦甚難。208

且如在長沙城，周圍甚廣，而兵甚少。2655

《史記》所載甚疏略。3202

亦有小書室，然甚齊整瀟灑。2601

二先生說下者不盡，亦不甚說。3343

人未甚信服。960

「甚」也可以單獨作補語：

而上怒甚，捕捉甚峻。3089

東坡驚甚。3119

黃魯直論得玄甚。3337

〔甚爲〕〔甚是〕：都出現很晚，用得極少，一般修飾複音節的詞語：

因見時文義，甚是使人傷心。2693

所以發明千古聖賢未盡之意，甚爲有功。66

在現代漢語中，「甚」只偶而見於書面語，且不作補語；「甚爲」「甚是」亦只作書面語。

2、〔頗〕〔頗為〕

〔頗〕：《說文》：「頗，頭偏也。」引申爲形容詞表示偏，再引申爲表程度高的副詞，古代漢語即已使用。《朱》中，主要修飾動詞，也可修飾形容詞：

辛棄疾頗諳曉兵事。2705

「漆」字草書頗似「柒」。3335

然亦頗有偏處。3056

某以爲頗與莊列之徒相似。1030

前輩謂此說頗好。3262

龜山說話頗淺狹。2557

〔頗爲〕，用得極少，修飾雙音節形容詞：

而州郡六曹之職頗爲淆亂。3074

現代漢語中，「頗」「頗爲」表示的程度已趨弱化，一般用於書面語。

3、〔煞〕〔煞是〕

〔煞〕：未見於《說文》。《廣韻》：「煞，俗殺字。」作爲程度副詞，興起於唐宋，是個新起的口語詞。《朱》中用得很多，主要修飾動詞，也可修飾形容詞：

未說道有甚底事分自家志慮，只是觀山玩水，也煞引出了心。216

佛家於心地上煞下工夫。2991

若必用從初說起，則煞費思量矣。852

或言，知至後，煞要著力做工夫。332

他這氣象煞大。750

謝尚書和易寬厚，也煞樸直。2915

〔煞是〕: 用得極少，修飾動詞：

子貢於是煞是用工夫了。530

子路常要得車馬輕裘與朋友共，據他煞是有工夫了。753

元明作品中，「煞」「煞是」廣泛使用；現代漢語，「煞」用得很少，「煞是」已不使用。

B 類：有 9 詞

1、〔多少〕〔多少是〕: 用於感歎句。

〔多少〕: 是由一對反義詞素複合而成，本是詢問數量之詞，宋時引申爲偏義「多」的程度副詞，主要修飾形容詞，少數修飾描寫性的動詞：

心體是多少大！大而天地之理，才要思量，便都在這裡。926

只說這幾句，是多少好！2179

使人人各得盡其能，多少快活！240

江西人大抵秀而能文，若得人點化，是多少明快！2799

自有一等人樂於作詩，不知移以講學，多少有益！2623

城外皆是番人，及不能得歸朝化，又發兵迫歸，多少費力！3046

〔多少是〕: 用得極少，只修飾單音節形容詞：

且如父坐子立，君尊臣卑，多少是嚴！514

輕財重義，有得些小潑物事，與朋友共，多少是好！753

這兩個詞，元明仍然使用；現代漢語則爲「多」「多麼」代替，只在江南方言中還保留。

2、〔大 $_2$〕〔大是〕〔大小大〕

〔大 $_2$〕: 此「大 $_2$」跟與「太」通用的表過甚的〔大 $_1$〕不同，是由形容詞「大」發展而來。古代漢語即已使用，《朱》中也用得很多，大多數修飾動詞，少數修飾形容詞：

若只要就名義上求他，便是今人說《易》了，大失他《易》底本意。1872

又問：「此是到處，如何？」曰：「到，大有地步在！」376

子張謂「執德不弘」，人多以寬大訓「弘」字，大無意味。194

近世人大被人謾，可笑。2792

聖人出時，必須大與他剖判一番。1101

自後州縣大困，朝廷亦知之。3083

今年如此，明年又儹去，則京師全無養兵之費，豈不大好！2707

〔大是〕：出現很晚，用得極少：

今人大抵逼塞滿胸，有許多伎倆，如何使得他虛？亦大是難。2622

今人這樣其多，只是徇情恁地去，少間將這個做正道理了，大是害事！710

〔大小大〕：這是新起的一個構造特別（現代漢語類似的還有「左右左」「裡外裡」）的程度副詞，用於感歎句，含有誇張語氣和強烈的感情色彩。一般作狀語，個別作補語：

程子謂：「將這身來放在萬物中一例看，大小大快活！」又謂：「人於天地間並無窒礙處，大小大快活！」2815

譬如暗室中見些子明處，便尋從此明處去。忽然出得外面，見得大小大明！291

公且道子貢所問，是大小大氣象！849

他見得道理大小大了，見得那居官利害，都沒緊要，仕與不仕何害！715

現代漢語中，「大$_2$」仍普遍使用，且用法更加靈活；「大是」「大小大」均已不再使用。

3、〔好〕

這是由形容詞發展而來，是一個新起的程度副詞，用得還不多，一般用於感歎句，修飾形容詞：

試把數千人與公去行看，好皇恐！876

這般說話好簡當！1798

看得好支離！3030

「好」在現代漢語中，用得很普遍，且用法更為靈活多樣。

4、〔十分〕

本是個數量詞組，表示數額到達頂點，後引申為表程度之甚的副詞，有「特別」之意，是個新起的口語詞。《朱》中用得比較多，主要修飾形容詞，少數修飾動詞：

至歐公文字，好底便十分好，然猶有甚拙底。3307

是此義十分精熟，用便見也。120

公讀令《大學》十分熟了，卻取去看。428

古人做詩，不十分著題，卻好。3334

知道善我所當為，卻又不十分去為善。327

「十分」在現代漢語中是個普遍使用的詞。

5、〔殊〕

《說文》:「殊，死也。」段注:「引申為殊異。」以後再引申為表程度的副詞，先秦即已使用。《朱》中也用得不少，基本上修飾動詞語（一般後都跟否定詞），少數修飾形容詞：

大率克己工夫，是自著力做底事，與他人殊不相干。1044

一向強辨，全不聽所說，胸中殊無主宰，少間只成個狂妄人去。2911

且如讀書，便今日看得一二段，來日看三五段，殊未有緊要。2849～2850

殊非當時本指。3081

恐只是一時信筆寫將去，殊欠商量。1045

舊來敕令文辭典雅，近日殊淺俗。3081

黃山谷慈祥之意甚佳，然殊不嚴重。3120

現代漢語中，「殊」只罕見於書面語。

6、〔分外〕

本義是指本份之外，後引申爲超過一般、特別，是個新起的程度副詞，在《朱》中用得還很少，修飾複音節詞語：

它《語錄》中說涵養持守處，分外親切。2556

蓋是他筆力過人，發明得分外精神。3113

但覺得仁愛之意分外重，所以「孝悌爲仁之本」，「立愛自親始」。705

今且粗解，則分外有精神。2384

「分外」在現代漢語中，一般用於書面語。

四、輕微類

這類副詞表示程度低於原級，有 13 詞。

1、〔稍〕〔稍稍〕〔稍加〕〔稍或〕

〔稍〕:《說文》:「稍，出物有漸也。」段注:「稍之言小也，少也。」漢代再引申爲表程度輕微的副詞。《朱》中用得很多，可以修飾形容詞（一般爲單音節），也可以修飾動詞：

曆數微眇，如今下漏一般。漏管稍澀，則必後天；稍闊，則必先天。26

如水清冷，便有極清處，有稍清處。226

韓子所言卻是說得稍近。70

先生每觀一水一石，一草一木，稍清陰處，竟日目不瞬。2674

但略知義理，稍能守本分，便是無驕。1124

治世稍不支梧，便入亂去。1759

蓋言爲善之意稍有不實，照管少有不到處，便爲自欺。336

〔稍稍〕: 由「稍」重疊而成，是個新起的詞，《朱》中用得還不多，後面多跟雙音節的形容詞或動詞：

只是令人稍稍虛閑，依舊自要讀書。2752

一旦因讀佛書，稍稍收斂，人便指爲學佛之效。3039

故這一輩稍稍能不變，便稱好人。3183

某尋常說前輩，只是長上朋友稍稍說道理，某便不敢說他說得不是。2619

〔稍加〕〔稍或〕：都是新起之詞，用得極少或很少，後跟複音節詞語：

若當時稍加信重，把二先生義理繼之，則可以一變。3090

如人倨肆，固是慢；稍或怠緩，亦是慢。914

現代漢語中，「稍」用得不太多，「稍加」「稍或」常見於書面語，「稍稍」則口語常用。

2、〔少〕〔少少〕〔少加〕

〔少〕：《說文》：「少，不多也。」由形容詞發展爲表程度輕的副詞，先秦即已使用。《朱》中仍常使用，一般修飾動詞和形容詞，且多爲單音節：

仁宗怒少解。3089

刻盤銘，修人紀，如此之類，不敢少縱。638

蓋言爲善之意稍有不實，照管少有不到處，便爲自欺。336

向徐節孝見胡安定，退，頭容少偏，安定忽厲聲云：「頭容直！」2754

〔少少〕：由「少」重疊而成，出現較晚，《朱》中還用得極少，修飾雙音節詞：

中年以後之人，讀書不要多，只少少玩索，自見道理。175

〔少加〕：用得極少，後跟複音節詞語：

若有不能相從，則少加委曲，亦無妨。2825

這三詞在現代漢語中均不再使用。

3、〔略〕〔略略〕〔略加〕〔略是〕

〔略〕：《說文》：「略，經略土地也。」段注：「凡舉其要而用功少者皆曰略。」漢時已由此義引申爲程度輕微的副詞。《朱》也常用，主要修飾動詞，少數修飾形容詞：

才略晴，被日頭略照，又蒸得雨來。150

慮是事物之來，略審一審。279

《詩》《書》略看訓詁，解釋文義令通而已。1653

遂令往偷了鼓槌，卻略將石頭去驚他門。3165

君臣之際，權不可略重，才重則無君。233

玄空便是空無物，眞空卻是有物，與吾儒略同。3013

〔略略〕：由「略」重疊而成，出現較晚，一般只修飾動詞：

聖賢言語本自分曉，只略略加意，自見得。177

是胎中初略略成形時。1686

夫子也只略略說過，2871

「略略」後也可跟助詞「地」：

不可言心在仁內，略略地是憑地意思。785

只如「暮春浴沂」數句，也只是略略地說將過。1027

〔略加〕〔略是〕：出現很晚，用得極少，後跟雙音節詞語：

這事物本自在，但自家略加提省，則便得。2775

既是所生，亦不可不略是殊異。2668～2669

現代漢語中，口語常用「略略」，「略」「略加」常見於書面語，「略是」則不再使用。

4、〔微〕

《說文》：「微，隱行也。」引申爲隱蔽，再引申爲微小，漢代又引申爲表程度輕微的副詞。《朱》中也常使用，一般修飾動詞：

所謂不善，只是微有差失。773

看來是寫出《魯史》，中間微有更改爾。855

求賜則微見其意。1014

極量亦微轉。534

現代漢語中，「微」用得極少，改用「稍微」。

5、〔**較**〕

《說文》無「較」由計較引申爲比較，再引申爲副詞，表示有一定的程度。出現很晚，比起上述輕微程度副詞來說，「較」的程度要略高一些。《朱》中常用，主要修飾形容詞，少數修飾動詞：

然有一般天資寬厚溫和底人，好仁之意較多，惡不仁之意較少；一般天資剛毅奮發底人，惡不仁之意較多，好仁之意較少。651

若論淺深意思，則誠意工夫較深，正心工夫較淺；若以小大看，則誠意較緊細，而正心、修身地位又較大，又較施展。305

莊子說得較開闊，較高遠，然卻較虛。2995

有常者又不及善人，只是較依本分。896

只是《孟子》較感發得粗，其他書都是如此。931

現代漢語中，「較」一般用於書面語，口語則用「比較」。

五、遞進類

這類副詞用於比較的場合（比較項不一定出現），表示程度加深。有 14 詞。

1、〔**愈**〕〔**愈是**〕〔**愈加**〕〔**愈益**〕〔**愈更**〕

〔愈〕:《說文》:「癒，病瘳也。」段注:「凡訓勝訓賢之愈，皆引申於癒，愈即癒字也。」由此引申爲程度加深的副詞，先秦即已普遍使用。《朱》中用得很多，主要有三種格式：

a、「……，愈……」:表示程度由於某種條件的出現（已然或未然）而在原有基礎上進一步增強，大致相當於現代漢語的「越發」「更加」。一般修飾形容詞，也修飾動詞：

周家基業日大，其勢已重，民又日趨之，其勢愈重。945～946

公更添說與道爲二物，愈不好了。800

魏公言不及之，會之色漸變。未幾，中使傳宣促進所擬文字，魏公遂坐作箚子，封付中使，會之色變愈甚。3145

又有人取老莊之說從而附益之，所以其說愈精妙。3008

聖人極其高大，人自難企及，若更不俯就，則人愈畏憚而不敢前。960

「愈＋見＋……」，爲「更加（越發）」顯現出（某些情況）之意：

若只管去較量他，也聖人意思愈見差錯。1158

新添改官制，而舊職名不除，所以愈見重複。3075

b、「愈A愈B」，表示程度上B隨著A（條件）的增強而增強，相當於現代漢語的「越……越……」。一般是A和B的主語不同，少數相同：

故上愈富而下愈貧。365

若不細心用工收斂，則其才愈高，而其害愈大。201

名愈正，而人愈不逮前。3071

不然，則魂愈動而魄愈靜，魂愈熱而魄愈冷。2259

愈向前，愈看得不分曉。185

《論語》，愈看愈見滋味出。434

A也可以迭用幾個「愈」：

三代而下，造曆者紛紛莫有定議，愈精愈密而愈多差。25

也可以幾個「愈A愈B」連用：

因論爲學，曰：「愈細密，愈廣大；愈謹確，愈高明。」144

c、「愈……，……。」「愈」只用於前一項，只是單純地表示程度的增強（不同於a類），而引起後項的結果不是就原有基礎上的加強，而是和原有的不同（不同於b類），相當於現代漢語的「越……」：

予年十七八時，已曉文義，讀之愈久，但覺意味深長。2770

某向來看《大學》，猶病於未子細，如今愈看，方見得精切。2611

三者只成就得一個我，及至我之根源愈大，少間三者又從這裡生出。295

〔愈益〕〔愈更〕：都是由一對同義詞素並列而成，「愈益」出現於漢代，「愈更」則爲新起。都用得極少，其後爲複音節詞語：

涵養、持守之久，則臨事愈益精明。204

須是操存之際，常看得在這裡，則愈益精明矣。2770

若沮人之輕富貴者，下梢愈更卑下，一齊衰了。242

尹氏自說得不緊要了，又辨其不緊要話，愈更不緊要矣。1189

現代漢語中，「愈益」用於書面語，「愈更」則已不使用。

〔愈是〕〔愈加〕：都出現很晚，用得很少，其後都跟雙音節詞語：

義猶略有作爲，智一知便了，愈是束斂。374

初見他說出來自有道理，從說愈深，愈是害人。587

二子亦因夫子之哂子路，故其言愈加謙讓。1041

亦有已說定，一番看，一番見得穩當，愈加分曉。167

這兩詞在現代漢語中都已退居於書面語詞。

2、〔**越**〕

《說文》：「越，度也。」引申爲經過、超過；宋時引申爲表程度增強的副詞。它與「愈」的意義和用法相同，亦有三種格式，現各列舉數例：

大處正不得，小處越難。2700

他在卻不欲說，去後欲後面說他，越不是。2946

讀來讀去，少間曉不得底，自然曉得；已曉得底，越有滋味。176

如一個船閣在淺水上，轉動未得，無那活水泛將去，更將外面物事搭載放上面，越見動不得。2936

越近都處，越不好。2715

越說得聖人低，越有意思。1140

神宗繼之，性氣越緊，尤欲更新之。3095

「越」與「愈」的區別是：「越」是個新起不久的口語詞，用得還不很多，還沒有由它構成的複合詞；「愈」則歷史悠久，用得多，且由它構成了一些複合詞。

3、〔更〕〔更加〕〔更是〕

〔更〕：本是表「改變」的動詞，讀平聲；後引申爲表程度加深的副詞，讀去聲。在先秦已有萌芽，漢以後流行開來，唐以來普遍使用，《朱》中用得很多，主要修飾動詞語，也可修飾形容詞。「更」表程度加深，有兩種情況：

a、單純的比較，有「(比起來) 更加……」的意思：

大抵武帝以前文雄健，武帝以後更實。3299～3300

他那個更收斂得快。107

子貢於此煞是用工夫了，聖人更進他上面一節，以見義理不止於此。530

其他更不消說。3014

b、表示程度由於某種條件的出現，而在原有基礎上進一步增強。這一點與「愈」的 a 項相同：

某以為「道」字不若改做「德」字，更親切。103

此等處，添入《集注》中更好。447

京一到，這許多事一變，更過捺不下。3129

只如狄梁公在武后時，當時若無梁公，更害事。3136

〔更加〕〔更是〕：都出現較晚，《朱》中用得還不多；其後多跟雙音節詞語：

「學不厭」，便是更加講貫。857

千萬更加勉力。2855

《乾道淳熙新書》更是雜亂。3080

只是武侯也密，如橋樑道路，井灶圊溷，無不修繕，市無醉人，更是密。3249

在現代漢語中，「更」「更加」仍廣泛使用，「更是」則偏於書面語。

4、〔尤〕〔尤為〕〔尤其〕〔尤加〕〔尤更〕

此組詞與上面「愈」「更」組諸詞稍有不同，即著重表示在全體之中或與其他事物比較時程度特別突出。

〔尤〕：《說文》：「尤，異也。」漢代引申為「過」「甚」「特別」之意，唐以來普遍使用，可以修飾形容詞和動詞：

就其中看，謝氏尤切當。371

學者須讀《詩》與《易》，《易》尤難看。1653

小者固不可不理會，然大者尤緊要。2935

竊謂將二句參看，尤見得靜意。274

大者固不可有，而纖微尤要密察。225

〔尤加〕〔尤爲〕：均出現很晚，用得很少，後跟雙音節詞語：

如何只說恕，不說忠？看得「忠」字尤爲緊要。1161

廣疑張子之說尤加精密。774

〔尤其〕〔尤更〕：爲新起的口語詞，用得還少，後跟雙音節形容詞或複音節動詞語：

此一段，尤其切要。394

王輔嗣又言「納甲飛伏」，尤更難理會。1699

現代漢語中，「尤」雖也還使用，但用得不多，常用的是「尤其」，「尤爲」用於書面語，「尤更」則不再使用。

以上是對《朱》書程度副詞 5 個等級 59 詞用法的比較詳細的描述及其發展情況的簡略介紹。下面從橫的方面（結構特點）和縱的方面（歷史發展）作個總述。

一、從詞的結構來看。《朱》書程度副詞的總數中，單音節詞 23 個，複音節詞 36 個。就具體詞的數量而言，複音節詞占多數（61%），單音節詞爲少數（39%）；但就使用的頻率而言：則單音節詞一般都用得很多，複音節詞一般都用得很少或極少。

複音節詞中，雙音節詞有 33 個，三音節詞只有 3 個。雙音節詞中，除「多少」、「十分」、「分外」外，其餘 30 個均是以單音節詞爲基礎詞素的複合詞。複合方式有三：

a、基礎詞素＋後附詞素。這些後附詞素還多少含有作爲單音節詞的某些實義，但已接近詞尾。這類後附詞素有：

～爲：最爲、極爲、甚爲、頗爲、尤爲、稍爲。「爲」，先秦是一個意義和用法都很靈活的動詞，其中也包括用作判斷動詞的萌芽。作爲判斷動詞，漢以來逐漸流行開來。此種句中「爲」後可跟名詞和形容詞或動詞：名詞表示和主語關係相等，形容詞表示對主語性質、狀態的判斷，動詞表示對主語的特點、作用的判斷。第一種判斷句長期保留，後兩種雖也保留一段時間，終因性質、狀態、特點、作用有程度之別而用單音節副詞修飾，逐漸改用非判斷句，此時「爲」已退爲後附詞素。

～是：最是、極是、甚是、頗是、大是、煞是、略是、愈是、更是。「是」作爲判斷動詞退爲後附詞素的原因及過程與「爲」同。但它作爲判斷動詞稍晚於「爲」，生命力卻強於「爲」，故此「～是」複合詞一般出現要比「～爲」晚一些，數量要多一些。

～加：稍加、少加、略加、愈加、更加、尤加。「加」在先秦是個表程度增強的副詞，唐宋時一般已不使用，常附於程度副詞之後構成複合詞，此時「加」的實義已經淡化，接近於詞尾，成爲後附詞素。這類複合詞是唐宋新起的口語詞。

～其：極其、尤其。「其」先秦可作語氣助詞，以後由此發展爲後附詞素。

～於：過於。

～或：稍或。

b、單音詞重疊：稍稍、少少、略略。

c、近義詞素並列：太煞、忒煞、愈更、愈益、尤更。

這些反映了《朱》中程度副詞已經具有相當強的系統性。

《朱》中使用眾多的複音節程度副詞，是爲了順應漢語發展的趨勢。漢語發展的趨勢是詞的複音節（主要是雙音節）化和語法的精密細緻化。其結果是日益增多的複音節詞和某些新的語法形式產生了，句子拉長了，結構也有了調整。於是又出現了語音節奏的協調、和諧的要求。一色的單音節程度副詞已經難以滿足這種要求，複音節程度副詞便應運而生。因此，總的說來，單音節程度副詞一般修飾單音節的形容詞和動詞，複音節程度副詞主要修飾複音節的形容詞和動詞，乃至更爲複雜的詞組。當然，唐宋還處於近代漢語初期，詞的複音節化和語法精密化還遠不及現代漢語，複音節程度副詞的使用頻率仍然遠不及單音節程度副詞。

二、從漢語整個發展進程來看，《朱》中程度副詞有著不同的歷史積累，也有種種不同的歷史歸宿，現列表於下。

產生時代 / 現代漢語	先　秦	漢魏六朝	唐　　　宋
口語詞	最、極、太、更、頗	稍	頂、好、越、極其、十分、略略、稍稍、尤其、更加
書面詞	甚、殊、愈	微、略、過、愈益、極爲、甚爲、頗爲、最爲	較、大 $_2$、尤、尤爲、更是、分外、略加、稍加、稍爲、愈是、過於
方言詞			煞、忒、忒煞、太煞、多少、多少是
廢止詞	大 $_1$、少	絕、最是、甚是	極是、大是、煞、大小大、少少、少加、略是、愈更、愈加、尤更、尤加

從上表可以得知：

1、從歷史積累看：先秦詞最少，只占 17%，均爲單音節詞。這類詞雖不多，卻絕大多數是構成複音節詞的基礎詞素。漢魏六朝詞也很少，只占 20%，複音詞已開始占多數（58%），這反映了這時期漢語正在變化，從上古向近代過渡，但幅度還不大。唐宋詞最多，占 63%，且複音節占絕大多數（78%），說明此時期已進入近代漢語初期。

2、從發展歸宿看：《朱》中程度副詞發展到現代漢語，分別成爲下列各類詞。

口語詞，占 26%，基本上是先秦的單音節詞和漢魏六朝的雙音節詞。這些詞最有活力，是今天口頭交際和書面交際中都廣泛使用的詞。

書面語詞，占 38%，基本是先秦的單音節詞和漢魏六朝及唐宋的單音節詞和雙音節詞。這類詞顯得文雅，主要用於書面交際，但也可用於口頭交際。它和口頭語是相輔相成的，是對口語詞必要的補充，因而也應視爲很有活力的詞。

口語詞和書面語詞都是現代漢語所使用的詞，兩者合計占 64%，這說明《朱》中程度副詞多數都爲現代漢語所繼承。

方言詞：占 10%，爲數極少。這些詞在《朱》時或許本是方言詞，因爲《朱》書的輯錄者基本上都是南方人，夾雜某些方言詞語是難以避免的。

廢止詞：是指那些罕見於書面語或根本不再使用的詞，占 26%。這些詞多屬唐宋新起的複音詞。新起詞和先起詞一樣，其生命力總是有強有弱，發展中有的保留，有的淘汰（當然是逐漸地、分期地），這是很自然的現象。

《朱》書程度副詞，在歷史來源方面，有繼承，有發展，有新起；在到現代漢語的歸宿方面，同樣有繼承，有發展，有廢止。這是符合語言發展規律的，也是符合事物發展規律的。

總起來說，《朱》書程度副詞等級齊備，每個等級均有多詞，同一等級的諸詞之間並不絕對相等：音節有多有少，使用頻率有高有低，使用範圍有大有小，等級內的級別有粗有細，歷史的長短不一，發展的歸宿有異，共同語與方言詞並用，等等。它形成了一個龐大而比較完整、嚴密的體系，適應了宋時複雜紛繁的交際的需要。

參考書目

1. 王力：《漢語史稿》（中冊），科學出版社，1968 年。
2. 楊伯峻、何樂士：《古漢語語法及其發展》，語文出版社，1992 年。
3. 柳士鎮：《魏晉南北朝歷史語法》，南京大學出版社，1992 年。
4. 太田辰夫著，蔣紹愚、徐昌華譯：《中國語歷史文語法》，北京大學出版社，1987 年。
5. 香阪順一著，植田均譯、李思明校：《水滸詞匯研究·虛詞部分》，文津出版社，1992 年。

（原載日本《中國語研究》第 37 號，1995 年）

《朱子語類》的範圍副詞

人們的語言交際中，總離不了敘述（包括描寫、說明、判斷等）。為了交際的準確、明白，人們往往對敘述的對象（主體）或敘述涉及的事物（客體）畫定一個範圍。漢語中，畫定範圍可以有種種方式，其中主要的是使用定語和狀語。定語和狀語有別：定語是放在名（代）詞語的前面，直接畫定其後名（代）詞語所表事物的範圍，而狀語則是一般放在動詞的前面，間接地畫定與其後動詞所表動作有關事物的範圍（「事物」可以在狀語之前，也可以在動詞之後）。如「我們都去了」與「我們把飯都吃光了」，語法上，兩句的「都」都是作動詞「去」或「吃」的狀語，而意義上並不說明動作本身，而是分別說明動作的主體「我們」（前一句）或客體「飯」（後一句）的範圍，它們都在狀語之前。再如「我祇用了九元錢」，「祇」限制動的客體（九元錢），客體在動詞之後。這也許是此類副詞與程度副詞的主要區別之一。狀語一般使用副詞，這類副詞一般稱為範圍副詞。古代漢語和現代漢語都廣泛地使用範圍副詞，且形成自己的體系；近代漢語上接古代，下啓現代，自然也是如此。本文介紹的是《朱子語類》〔註1〕的範圍副詞，介紹方法大致同於《〈朱子語類〉的程度副詞》〔註2〕，即主

〔註 1〕本文根據的是中華書局 1986 年版《朱子語類》，下文均簡稱《朱》，例句後數字是指該書的頁碼。

〔註 2〕見《中國語研究》第 37 號，東京：白帝社，1995 年。

要對各詞進行靜態描寫，同時也作一些與古今漢語的歷史比較，最後再概括出範圍副詞的體系及其特點。通過這些描寫與比較，可以看出宋代近代漢語範圍副詞的基本面貌。

根據畫定範圍的不同角度，《朱》書範圍副詞大致可分爲全體、多數、限制、個別和另外五大類。

一、全體類

此類副詞表示總括動作涉及事物的全部。《朱》中有 4 組 11 詞。

1、【都、皆、俱】

【都】:《說文》:「都，有先君之舊宗廟曰都。」段注 :「凡邑，有宗廟先君之主曰都，無曰邑。」先秦爲名詞，主要表大城市之意。漢魏時又引申爲總括全部的範圍副詞，六朝已流行開來，唐以來已普遍使用。《朱》中用得很多，置於謂語之前。

（1）肯定式

總括主體：

舉天下都要去殺番人，你獨不肯殺番人，我便要殺你！3158

《彖辭》中「剛柔分」以下，都掉了「頤中有物」，祇說「利用獄」。1780

如三代以前聖人都是如此。259

凡事都要如此。762

事事物物上，都有個道理，都有是有非。2758

然不濟事，於大義都背了。1136

（2）否定式

否定詞置於「都」後，一般是總括客體：

但是它都不管天地四方，祇是理會一個心。3013

若是都不去用心者，日間只恁悠悠，都不曾有涵養工夫。150

都無私意，方可以合禮。1704

看文字，正如酷吏之用法深刻，都沒人情，直要做到底。164

個別的總括主體：

不期今日學者乃舍近求遠，處下窺高，一向懸空說了，扛得兩腳都不著地。2748

上述肯定式用法，現代漢語繼續使用並有所發展；否定式除總括主體的繼續使用外，總括客體的一般改用「完全兒（不、沒有）」或「一點兒（不、沒有）」。

【皆】:《說文》:「皆，俱詞也。」這是古代漢語中一個用得最普遍的，用途最專一的範圍副詞。它生命力特強，魏晉唐宋各個時期都用，不但用於文言文，也廣泛用於白話文，《朱》中也是如此，用法與作用均同於「都」。

新法之行，雖塗人皆知其有害，何故明道不以爲非！3097

事事物物，頭頭件件，皆撞著這道理。1344

古時諸侯大夫皆可以用士。2189

事有緩急，理有大小，這樣處皆須以權稱之。1331

是事事皆要得合道理。1342

古者男女皆有尸。2310

若附《儀禮》，此等皆無人頭處。2188

而所爲自帖帖地皆是義說。643

舊時亦煞有好相識，後皆不濟事。3160

現代漢語中，「皆」衹作書面語詞。

【俱】:《說文》:「俱，皆也。」「皆」「俱」互訓，詞義相同。古代漢語中常用，但在《朱》中比「皆」用得少，且多用於文言語句，用於白話語句的罕見。

敬衹是養的工夫。克己是去病。須是俱到，無所不用其極。214

若所生父與繼父俱再娶，當持六喪乎？2199

現代漢語中，「俱」也衹作書面語詞。

2、【盡、盡行】

【盡】:《說文》:「盡，器中空也。」引申爲完、竭之義，又引申爲全部用出再引申爲範圍副詞。表示動作所達客體範圍之內一個不剩、全部之義。這在先秦已普遍使用，《朱》中仍然如此。

有人能盡通天下利害而不識義理，或工於百工技藝而不能讀書。75

盡得仁，斯盡得孝悌；盡得孝悌，便是仁。475

王允不合盡殺梁州兵，所以致敗。1823

無奈何，是如今將下面一齊都截了，盡教做一門人，盡教由科舉而得，是將奈何！2189

將一切私意盡屏去。2679

他初間也未便盡是私意，但祇是見得偏了。1047

【盡行】:由「盡」與動詞素「行」複合而成。「行」表進行某種動作，所以「盡行」之後祇跟動作動詞。《朱》中用得很少。

合盡行除罷，而行迫無及矣。2651

現代漢語中，「盡」仍繼續使用，「盡行」一般祇作用於公文體的書面語詞。

3、【全、全是、全然】

【全】:《說文》:「全，篆文仝。」「仝，完也。」《廣韻》:「全，完也，具也。」本爲形容詞，表完全、完備之意。南北朝時，除繼續作形容詞外，又由此轉化爲範圍副詞。《朱》中普遍使用，置於謂語之前，表全部、完全之意，既可指主體，也可指客體。

這一畫，是卦中六分之一，全在地下；二畫又較在上面則個；至三陽，則全在地上矣。1788

柳子厚《封建論》則全以封建爲非。2680

子房全是黃老，皆自黃石一編中來。3222

如此全錯，更無些子道理。412

今人爲經義者，全不顧經文，務自立論，心粗膽大，敢爲新奇詭異之論。2693

因論南豐尚解使一二字，歐蘇全不使一個難字，而文章如此好！3322

今之學者全不曾發憤。135

王師之來，全無盜賊。3164

【全是】：由「全」加詞尾「是」複合而成。一般置於謂語之前。

秦少游《龍井記》之類，全是架空說去，殊不起發人意思。3320

周公全是以周家天下爲心，太宗則假公義以濟私欲者也，3245～3246

成湯工夫全是在「敬」字上。387

聖人則全是無我。922

少數置於主語之前：

後來全是此等人作過：3129

【全然】：由「全」加詞尾「然」複合而成。

老氏便祇要守得相合，所謂「致虛極，守靜篤」，全然守在這裡，不得動。41

改過則是十分不好，全然要改。859

又有全然不要，祇恁地懶惰因循。2944

若無片子，便把一個籮去籮斂，全然盛不得。673

如今全然無此意，如何恁地？2701

現代漢語中，「全」「全是」也還繼續使用，但更多地使用「完全」「全部」；「全然」則一般祇用作書面語詞。其否定式則改用「一點兒也（不、沒有）」。

4、**【渾、渾然、渾全】**

【渾】：《說文》：「渾，溷流聲也。」段注：「今人謂水濁爲渾。」本爲水勢盛大、渾濁之意。唐代開始引申爲表整個、全部、完全義的範圍副詞。《朱》中用得不多，並且祇用於判斷句謂語之前。

惟仁者心中渾是正理。645

此氣之動爲人物，渾是一個道理。1896

不仁之人，渾一團私意。605

【渾然】：由「渾」加詞尾「然」複合而成，用得比「渾」要多，適應範圍也廣一些。

忠，祇是渾然誠確。596

曾不若一人素能謹護調攝，渾然無病。752

質樸則未有文。忠則渾然無質可言矣。596

【渾全】：由同義詞素「渾」「全」複合而成，位於判斷句的謂語之前。

如方獨處默坐，未曾事君親，接朋友，然在我者已渾全是一個孝悌忠信底人。2489

程子所謂「須有不言而信者」，謂未言動時已渾全是個如此人，然卻未有迹之可言，故曰「言難爲形狀」。2490

現代漢語中，「渾」「渾全」已不再使用，「渾然」也祇間或用於書面語。

上述四組，總的都表示全體，但表示的角度不一：第一組著重於總括，第二組著重於用盡、一個不剩，第三組著重於全部、無一例外，第四組則著重於整體。

二、多數類

此類副詞比較單純，祇有「多」「多是」2詞。

【多】：作範圍副詞早見於先秦，《朱》中仍常使用。

但先儒多不信《史記》所載太公伯禽報政事。830

人不誠處，多在言語上。1722

「恕」字，前輩多作愛人意思說。2712

佛書多有後人添入。3025

今人多鶻鶻突突，一似無這個明命。315

【多是】：由「多」加詞尾「是」複合而成，出現很晚。

人多是被那舊見戀不肯捨。155

《易》中多是說《易》書，又有一兩處說易理。1680

今學者不會看文章，多是先立私意，自主張己說。2811

顏多是靜處做工夫。772

晉文舉事，多是恁地，不肯就正做去。1127

現代漢語中，「多」雖也使用，但一般用「大多」；「多是」則一般不再使用。

三、限制類

此類副詞表示對動作特別是動作涉及的事物在範圍方面進行限制。它不表示有關事物的全體或多數，或是個別，而是表示少數或者帶有往小處說的語氣來限於某種情況。《朱》書有 11 組 20 詞。

1、【只、只是】

【只】:《說文》:「只，語已詞也。」古代漢語均作語氣助詞。南北朝時，假借作範圍副詞。表示除此之外，沒有別的。《朱》書用得很普遍，用途亦很多。

（1）限制與動作有關的對象

釋氏只要空，聖人只要實。3015

儒釋只論其是處，不問其同異。92

伊川制，士庶不用主，只用牌子。2311

此不可大段做道理看，只就逐象上說，見得此象，便有此義。1800

每事不能勞攘得，只從簡徑處行。763

（2）限制與動作有關對象的數量

凡人讀書，只去究一兩字，學所以不進。900

只擇得精者八十人。3165

道君有子四十人，只放二人歸來。3194

程先生只說得一理。1651

有只格得一兩分而休者。3111

京西漕魏安行計口括牛，每四人共田百畝，只得一牛。3137

（3）限制存有事物的數量

一般「只」置於動向「有」之前：

人只有一個公私，天下只有一個邪正。228

我只有一裘，正著，此何處得來？3122

竊意其初只方百里，後來吞併，遂漸漸大。1419

蓋州郡只有許多米，他無來處，何以贍給之。2682

也有一部分是「只」直接置於數量詞語之前，這可視爲動詞「有」被省略：

古者車只六尺六寸。3066

大率要七分實，只二三分文。3320

若只百里，如何有七十裡之囿？1225

這裡所爭只毫釐，只是諸公心粗，看不子細。992

（4）用於判斷句或描寫句裡，限制事物的性質

聰明恐只是才，不是德。3206

但古人辭，必至再三，想此只是固讓。911

若不「主忠信」，便「正衣冠，尊瞻視」，只是色莊。503

如「誠者天之道」，則只是個實理。503

它《續詩》《續書》，意只如此。3269

祖孫只一氣，極其誠敬，自然相感。1552

（5）限制動作的能可性或動作本身

不然，只可謂之三事。1528

此亦只可以施於他一身，不可爲眾人言。1403

若曉文義不得，只背得，少間不知不覺，自然相觸發，曉得這義理。2917

若只一開一闔而無繼，便是闔殺了。2

【只是】：由「只」加詞尾「是」複合而成，一般限制與動作有關的對象：

某也只是讀傍文。3300

須是兩頭盡，不只偏做一頭。如云內外，不只是盡其內而不用其外；如云本末，不只是致力於本而不務乎其末。763

千書萬書，只是教人求放心。316

這個只是就陰陽動靜、闔闢消長處而言。1790

然某於文字，卻只是依本分解注。2625

少數限制事物的數量：

心是一個運用底物，只是有此四者之理，更無別物。1790

如孔子教人，只是逐件逐事說個道理，未嘗說出大頭腦處。155～156

現代漢語中，「只」「只是」仍然廣泛使用。

2、【止、止是】

【止】:《說文》:「止，下基也，象艸木出有阯，故以止爲足。」本義爲草木出土繁生之形，引申爲足。再假借爲限制範圍的副詞。先秦即已流行，《朱》中也常使用。作用同「只」。

（1）限制與動作有關的對象

佛初入中國，止說修行。未有許多禪底說話。3014

劉止受正所當得者。3180

凡爲守帥者，止教閱將兵，足矣。2705

止用小黃門引導。3063

但不樂時，止與人分疏辨析爾。3066

（2）限制與動作有關事物的數量

若一艾止做一事，則三百八十四艾，止做得三百八十四事。1652

看書非止看一處便見道理。173

周先生亦止分到五行住。105

某每見前輩說《易》，止把一事說。1656～1657

（3）限制存有事物的數量

佛初止有《四十二章經》。3025

頃年見欽夫刊行所編禮，止有婚、喪、祭三禮。562

《論語》所載顏子語，止有謂然之歎與「問仁」兩章而已。566

今磚瓦之費已使了六萬，所餘止一萬。2656

本軍每年有粗米四萬六千石，以三萬九千來上供，所餘者止七千石。2681

在相位止百餘日。3138

（4）用於判斷句或描寫句，限制事物的性質

今做到聖賢，止是恰好，又不是過外。133

蓋釋氏之言見性，衹是虛見；儒者之言性，止是仁義禮智，皆是實事。2975

莊子當時無人宗之，他衹在僻處自說，然亦止是楊朱之學。2988

越止一小國，當時亦未甚大段富貴。3212

當時所講止此。3090

自此隔下了，見識止如此。456

（5）限制動作的可能性

某止能指與人說，此處有寶。2793

如朽木無所用，止可付之爨灶。61

然亦止做得未屬對合偶以前體格。3298

【止是】由「止」加詞尾「是」複合而成。一般衹限制與動作有關的對象：

「雷出地奮」，止是象其聲而已。1770

但夫子大概止是取下面兩句云……996

他止是要代武王之死爾。48

某與人說學問，止是說得大概，要人自去下工。2793

蓋它止是於利害上見得，於義理上全疏。3099

現代漢語中，「止」「止是」都分別改用「衹」「衹是」。

3、【衹、衹是】

【衹】:《說文》:「衹，敬也。」先秦即已假借爲限制範圍的副詞。《朱》書也間或使用。義同「只」，但一般只限制與動作有關的對象數量，個別亦限制存有事物的數量。

讀《中庸》，則衹讀《中庸》；讀《論語》，則衹讀《論語》。一日衹看一二章。2611

只爲衹見得功利，全不知以義理處之。3246

今若衹守著兩句，如何做得！546

如公所說，祇說得他無心處爾。4

泛泛於文字間，祇覺得異。207

【祇是】由「祇」加詞尾「是」複合而成，用得極少。

人只爲不曾讀書，祇是讀得粗書。195

豈可凡百放下，祇是靜坐。2775

此似祇是說得善之一腳。2394

現代漢語中，「祇」「祇是」分別改用「只」「只是」。

4、**【僅】**

《說文》:「僅，材能也。」段注:「材，今俗用之纔字也。」先秦即已用作限制範圍的副詞，《朱》書亦使用。

（1）限制與動作有關的對象

謂小人自剝削其戟柄，僅留其鐵而已。1785

但見煙霞在下，茫然如大洋海，衆山僅露峰巒。23

某作如此說，卻僅勝近世人硬裝一件事說得來窒礙費氣力。1746

得一小蟲，如蛇樣，而甚細，僅如布線大。3034

（2）限制存有事物的數量

且如五代僅有三四年者，亦占一德。2239

後山文思亦澀，窮日之力方成，僅數百言。3309

如草木萌芽，初間僅一針許。383

（3）限制動作的能可性

緣虜人衆多，其立無縫，僅能操戈，更轉動不得。3167

所餘者止七千石，僅能贍得三月之糧。2681

但說不失，則僅能不失耳。797

逆亮來時用兵，僅取得此四州。3197

現代漢語中，「僅」一般不用於口語，但卻是一個很活躍的書面語詞。

5、**【纔】**

《說文》:「纔，帛雀頭色也。一曰微黑色如紺。纔，淺也。」段注:「江沅曰，今用爲才字，乃淺義引申。」晉代，已引申爲限制範圍的副詞，《朱》中用來限制存有事物的數量。

某守南康，舊有千人禁軍額，某到時纔有二百人而已。2681

歸來纔半年，一切發來，遂死。3282

立個渤海王之子纘，纔七八歲。3231

現代漢語中，「纔」都改作「才」。

6、【但、但是、但只、但止】

【但】:《說文》:「但，裼也。」段注:「今之經典，凡但裼字，皆改爲袒裼矣……袒裼，肉袒也。肉袒者，肉外見無衣也，引申爲徒也。凡曰徒曰唐，皆一聲之轉，空也。」再引申爲限制範圍的副詞，萌芽於漢代，《朱》中普遍使用。

（1）限制與動作有關的對象

「不患無位，患所立也。」猶云不患無官做，但怕有官不會做。668

子路但及朋友，不及他人。750

然亦有但知克己而不能復於禮。1045

譬如拭桌子，只拭中心，亦不可；但拭四絃，亦不可。182

然亦要子細識得善處，不可但隨人言語說了。92

（2）限制存有事物的數量

但自伏羲而上，但有此六畫。1646

忽有一廟，但有三間弊屋。53

今學者若已曉得大義，但有一兩處阻礙說不出，某這裡略些數句發動，自然曉得。2917

燕山之北，古有大山嶺爲隔，但有一路傍險水。3192

至周初，但千八百國。3304

然信從者但一二。451

（3）限制動作的可能性

物之間有知者，不過只通得一路如鳥之知孝，獺之知祭，犬但能守禦，牛但能耕而已。66

《小畜》但能畜得九三一爻而已。1756

朝廷財用，但可支常費耳。3096

要之，此事但可責之郡守。2707

【但是】由「但」加詞尾「是」複合而成，用得很少。

這但是說此三事爲最重耳。918

鞅又如何理會得帝王之道！但是大拍頭去揮那孝公耳。3215～3216

文王但是做得從容不迫，不便去伐商太猛耳。946

【但只】由同義詞素「但」「只」複合而成，用得極少。

終不成說但只敬君，親便不須管得！349

荀子但只見氣之不好，而不知理之皆善。2587

且如爲忠，爲孝，爲仁，爲義，但只據眼前理會得個皮膚便休，都不曾理會得那徹心徹髓處。414

【但止】由同義詞素「但」「止」複合而成，用得極少。

今之學者但止見一邊。414

現代漢語中，「但」「但是」「但只」「但止」均不再作範圍副詞。

7、【徒】

《說文》釋其本義爲步行也。」段注：「引申爲徒搏、徒涉、徒歌、徒擊鼓。……」引申爲空，再引申爲「只、僅僅」，作範圍副詞。在先秦即已使用，《朱》中也繼續使用。一般限制與動作有關的事物或動作的可能性。

若修孝於親，而不能推及於眾；若徒慈於眾，而無孝親底樣子，都不得。593

徒篤信而不好學，則所信者或非所信；徒守死而不能推以善其道則雖死無補。941

若無德而徒去事上理會，勞其心志，只是不服。537

亦不可徒從上言戰，以拗太上。3156

德者，得也，便是我自得底，不是徒恁地知得便住了。若徒知得，不能得之於己，似說別人底，於我何干？868

學者徒能言而不能行，所以不能當抵他釋氏之說也。2770

現代漢語中，「徒」衹偶見於書面語。

8、**【特】**

《說文》:「特，特牛也。」段注:「特，本訓牡，陽數奇，引申之為凡單獨之稱。」本為公牛，引申為單獨，再引申為特別、傑出，又引申為限制範圍的副詞。先秦即已使用，《朱》中也還使用。一般限制與動作有關的事物或動作的可能性，多見之於較「文」的語句。

所謂夕死可者，特舉其大者而言耳。661

「立誠」不就制行上說，而特指「修辭」何也？1722

《視箴》何以特說心？《聽箴》何以特說性？1061

故知理只是一理，聖人特於盛處發明之爾。108

所以如此，豈特不能復而已。3198

而所謂孫，特是詐僞耳。1160

人言「致知、格物」，亦豈特一二而已。2274

現代漢語中，已不再使用「特」。

9、**【惟、惟是】**

【惟】:《說文》:「惟，凡思也。」先秦即已假借為限制範圍的副詞，《朱》仍然使用，主要用途有三：

（1）基本上都是置於主語之前，限制動作主體的範圍

惟周承相不信改本。3325

惟聖人能知聖人。1141

惟明道《文集》中一策答得甚詳。1105

惟老蘇文深得其妙。437

惟上蔡深得二先生之旨。700

（2）少數置於謂語之前，限制動作涉及的事物（客體）

此惟說宮聲。2239

若如此惟知畏敬，卻是辟也。356

然某平生窮理，惟不敢自以為是。245

如至誠惟能盡性，只盡性時萬物之理都無不盡了。381

（3）個別限制存有事物的數量

其次惟有講讀數員而已。2728

【惟是】：由「惟」加詞尾「是」複合而成。用得很少，衹限於置於主語之前，限制動作主體的範圍：

惟是聖人能順得這勢，盡得這道理。597

某如今看來，惟是聰明底人難讀書，難理會道理。3317

到那「上達」處不同，所以眾人都莫能知得，惟是天知。1141

現代漢語中，「惟」「惟是」均不再使用。

10、【唯、唯是】

【唯】：《說文》：「唯，諾也。」本爲應答之詞，先秦又假借爲限制範圍的副詞，《朱》仍在使用，作用同「惟」。

四伴更無虧欠，唯中心有少壓翳處。18

眾星亦皆左旋，唯北辰不動。18

唯《大學》是曾子述孔子說古人爲學之大方。244

此卦唯這爻較好。1808

且如漢末，天下唯知有曹氏而已；魏末，唯知有司馬氏而已。233

【唯是】：由「唯」加詞尾「是」複合而成，用得極少，作用同「惟是」。

唯是自家好清淨，便一付之法。1072

現代漢語中，「唯」「唯是」均不再使用。

11、【且、且是】

【且】：《說文》：「且，所以薦也。」本爲名詞，先秦即已廣泛地用作表並且、況且、尚且、姑且、將要等義的連詞或副詞。唐代開始又可作限制範圍的副詞，《朱》書也還使用，但用得還不多。置於謂語之前，限制與動作有關的事物。

問：「堯舜在湯武時，還做湯武事否？」曰：「堯舜且做堯舜看，湯武且做湯武看。看得其心分明，自見得。」637

輕重是非他人，最學者大病。是，是他是；非，是他非，於我何所預！且管自家。243

且須熟讀正文，莫看注解。1654

諸將每有稟議，正紛拏辨說之際，諸公必厲聲曰：「且聽大丞相處分！」3141

上面且泛言，下面是收入來說。460

子思且就總會處言，此處最好看。63

【且是】：由「且」加詞尾「是」複合而成，義同「且」。

問云：「『生之謂性』它這一句，且是說稟受處否？」曰：「是。性即氣，氣即性，它這且是衮說；性便是理，氣便是氣，是未分別說。」71

問：「聖人書葡息，與孔父仇牧同辭，何也？」曰：「聖人也且是存得個君臣大義。」925

現代漢語中，「且」「且是」不再用作表範圍的副詞。

上述 11 組中，「只」「止」「衹」均屬假借字，三字應爲異體字。使用次數多，使用範圍廣，這三組可以說是限制類的主體；「惟」「唯」也是假借字，二字爲異體字，這二組各詞可用於主語之前，也可用於謂語之前，且多見於較「文」的語句。

四、個別類

此類副詞表示事情涉及的對象爲個別、單一。《朱》中有 3 組 6 詞。

1、【獨、獨是、唯獨】

【獨】：《說文》：「獨，犬相得而鬥也。……羊爲群，犬爲獨。」段注：「犬好鬥。好鬥，則獨而不群。引申假借爲專壹之稱。」先秦即已作表個別的範圍副詞，《朱》中仍然使用。用於與其他事物相比較的語句中，表示從一般的人或事物中指出個別的。

（1）基本上是指主語為個別

多數位於主語之前：

若它人，則三番四番說都曉不得，獨夫子與顏子說時，它卻恁地曉得。568

諸卦象皆順說，獨「雷電《噬嗑》」倒說。1780

諸經時文愈巧愈鑿，獨《春秋》爲尤甚。2761

飛大會諸侯與謀，徧問諸將，皆以爲可，獨任士安不應。3055

孔門學者，獨顏子爲善問。882

少數位於謂語之前：

眾星光芒閃爍，五星獨不如此。18

仙裡士人在外，孰不經營僞牒！二公獨逕還鄉試，殊強人意。2761

舉天下都要去殺番人，你獨不肯去殺番人，我便要殺你！3158

潭州有八指揮，其制皆廢弛，而飛虎一軍獨盛。3102

（2）極少數是指賓語為個別

王導爲相，祇周旋人過一生。嘗有坐客二十餘人，逐一稱贊，獨不及胡僧並一臨海人。3241

檜心異之，眾人既退，獨留巨山坐。3146

孔子何故不以仁知之體告之，乃獨舉其用以爲說？1095

【獨是】由「獨」加詞尾「是」複合而成，用得極少。

且看《集義》中諸儒之說，莫不連下文。獨是范純夫不如此說。994～995

獨是自家有，別人無。939

【惟獨】由近義詞素「惟」「獨」複合而成，用得極少。

惟獨稱顏子三月不違，其可謂仁也已。791

現代漢語中，「惟獨」改用「唯獨」，「獨是」已不再使用，「獨」很少使用，多用「單單」。

2、【專、專是】

【專】：《說文》：「專，六寸簿也。一曰，專，紡專。」段注：「今專之俗字作，以專爲專壹之專。」這說明，「磚」初爲紡錘，衹表「專一、單獨」，衹是假借義。先秦即已作範圍副詞，在《朱》中也常使用，而「專」字表示範圍集中在某一件事物上。

論天地之性，則專指理字。67

譬如服藥，須是專服一藥，方有見效。440

心下專在此事，都無別念慮繫絆。825

據某看得來，聖人作《易》，專爲卜筮。1652

顏子學處，專在非禮勿視聽言動上。767

公且道不去讀書，專去讀些時文，下梢是要做什麼人？245

【專是】由「專」加詞尾「是」複合而成，用得很少。

「質直好義」等處，專是就實；「色取仁而行違」，專是從虛。1092

本義云：「明庶政」是明之小者，無折獄是明之大者，此專是就像取義。1781～1782

此四句是此段緊切處，專是說至善。321

【專一】由同義詞素「專」「一」複合而成，表示心力專門集中到一點上。

心有所之謂之志，志學，則其心專一向這個道理上去。551

每遇事，與至誠專一做去。1740

數日來專一靜坐，澄治此心。2775

後介甫罷相，子固方召人，又卻專一進諛辭。3106

若專一守在這裡，卻轉昏了。397

現代漢語中，此三詞雖也還使用，但更多地是改用「專門」「專門是」。

五、另外類

此類副詞表示在某個範圍之外。有 4 詞。

1、【別】

別，《說文》：「分解也。」引申爲分別、離別，再引申爲離於某範圍之外，作範圍副詞。漢代即已流行，《朱》書也還使用，表示（除此之外）另外。

前輩云：當廢武后所出，別立太宗子孫。2638

以某觀之，當時何不整理親軍？自是可用。卻別創一軍，又增其費。3102

和者，不是別討個和來，祇就嚴敬之中順理而安泰者便是也。516

然所謂主宰者，即是理也，不是心外別有個理，理外別有個心。4

這星又差遠，或別是一星了。13

2、【更】

由表示「又、再」再引申爲（在某範圍之外）另、另外，出現很晚。

是非祇是是非，如何是非之外，更有一個公論！2808

祇是此三者？還更有？3047

仁者得其爲仁，智者得其爲智，豈仁智之外更有自得！2902

祇須略提破此是卦義，此是卦象，卦體，卦變，不必更下注腳矣。1750

3、【別更、更別】

【別更】由「別」「更」複合而成，用得極少。

聖人便祇說「下學上達」，即這個便是道理，別更那有道理！413

其說不過但欲太祖正東向之位，別更無說。2661

【更別】由「更」「別」複合而成，用得極少。

才說弟，便更別有一人。2383

本類各詞現代漢語均不再使用，改用「另」、「另外」。

以上是對《朱》書範圍副詞5類43詞進行的比較細緻的描述及其發展情況的簡要介紹，下面就反映角度、結構特點和歷史發展三個方面對《朱》書範圍副詞整個體系作概括的總述。

一、從反映角度看

《朱》書的範圍副詞反映「範圍」的角度體現在各個不同的層次上：

第一層次：據範圍界限方面分爲範圍之內（一、二、三、四類）和範圍之外（五類）。

第二層次：在範圍之內又依範圍之大小分全體、多數、少數（限制）和個別四類。

第三層次：各類之中又可分成各個不同的方面。既有不同的確定對象（如限制類，限制的內容就有與動作有關的對象、與動作有關對象的數量、存有事物的數量、事物的性質、動作的能可性等），又有不同的著眼點（如全體類，各組詞的著眼點分別爲：「都」組是「總括」，「盡」組是「用盡，一個不剩」，「全」組是「全部，無一例外」，「渾」組是「整體」），還有其他方面（如用法等）。

通過三個層次上的種種角度，比較全面地體現了範圍副詞確定範圍的功能與活力，在反映角度方面形成了一個比較完備的體系。

二、從詞的結構看

《朱》書 43 個範圍副詞中，單音節詞 22 個，占 51.2%；雙音節詞 21 個，占 48.8%。僅就具體詞的數量而言，單音節詞略多於雙音節詞，兩者大致相等；當然，就使用次數而言，雙音節詞明顯地少於單音節詞。

雙音節詞都是以單音節詞爲基礎，由下列兩種方式構成。

a、基礎詞素＋後附詞素

～是：全是、多是、只是、止是、祇是、惟是、唯是、但是、且是、獨是、專是

～然：全然、渾然

～行：盡行

b、同（近）義詞素並列：渾全、但祇、但止、唯獨、專一、別更、更別

漢語發展的趨勢是詞的複音節（主要是雙音節）化和語法的情密細緻化，《朱》書範圍副詞正體現了這種趨勢而形成了單雙音節俱備的新的詞的結構體系。

三、從漢語發展進程來看

《朱》書範圍副詞，有產生於不同時代的歷史積累，也有發展到現代漢語的不同歸宿列表於下：

產生時代 現代漢語	先　秦	漢－六朝	唐　　　宋
口語詞	僅、多、盡、專	都、全、衹	全是、渾、只是、專一
書面語詞	皆、俱、惟、唯、獨	盡行、全然	渾然、專是
廢止詞	止、衹、徒、特	但、別、纔	渾全、多是、止是、衹是、但是、但只、但止、惟是、唯是、惟獨、且、且是、獨是、更、別更、更別

從表可以得知：

1、就歷史積累而言

《朱》書範圍副詞系統是由各個時代逐步積累起來的，其中，先秦詞 13 個，占 30.2%，均爲單音節詞；漢魏六朝詞 8 個，占 18.6%，以單音節詞爲主（75%），雙音節詞爲次（25%）；唐宋詞 22 個，占 51.2%，基本上（90.9%）是雙音節詞，個別（9.1%）爲單音節詞。三個時代的比例大致是 3：2：5，正像一個「三」字形，歷史層次分明。單音節詞多產生於唐以前，又多是唐宋新起雙音節詞的基礎詞素，使用次數以單音節詞居多。這說明歷史悠久和較久的詞有很強的生命力，是《朱》書範圍副詞系統中的中堅與基礎。唐以來大量雙音節詞的湧現，正體現了早期近代漢語的特色。《朱》書範圍副詞歷史積累的特點是：以前詞和唐以來詞大致相等；唐以前基本是單音節詞，唐以來則基本爲雙音節詞。

2、就發展歸宿而言

《朱》書範圍副詞繼續向前發展，到了現代漢語，其歸宿大致分爲如下三類。

a、口語詞：有 11 個，占 25.6%。這些都是現代漢語口語和書面語中普遍使用的詞，而其中「都」「衹」則是最基本的詞。

b、書面語詞：有 8 個，占 18.6%。這些詞多是產生於唐以前特別是先秦，顯得文稚，主要用於書面交際，也可用於口語交際。這些詞也是屬現代漢語中有活力的詞。

c、廢止詞：有 24 個，占 55.8%。這類詞中，有些是口語和書面語都不使用，衹見於成語（如「徒、但、特、更、別」等）；有些屬於異體字的歸併（如「止、衹」歸「只」，「纔」歸「才」等）；有的是讓位於其他詞類（如「但、且」），更多的是以上面三部分爲基礎詞素的複合詞，這就是各時代詞中唐宋詞廢止率最高（達 72.3%）的主要原因。

《朱》書範圍副詞發展歸宿的特點是：保存（a、b 兩類）率略低於廢止率，保存的大多是唐以前的單音節詞，廢止的則大多數是唐宋新興的雙音節詞。

從整個發展進程看，《朱》書範圍副詞反映了語言發展有繼承、有發展、有新起、有廢止的規律，這也體現了歷史發展的體系性。

從上述三方面可以看出，《朱》書範圍副詞有著一個龐大而比較完整、嚴密的體系。這個體系不同於古代漢語，也不同於中古漢語，而是具有宋代近代漢語初期特色的體系，正是在這個體系基礎上逐漸發展成元明近代漢語成熟期直至現代漢語的體系。

參考書目

1. 王力：《漢語史稿》〔中冊〕，科學出版社，1968 年。
2. 楊伯峻、何樂士：《古漢語語法及其發展》，語文出版社，1992 年。
3. 柳士鎮：《魏晉南北朝歷史語法》，南京大學出版社，1992 年。
4. 太田辰夫著，蔣紹愚、徐昌華譯：《中國語歷史文法》，北京大學出版社，1987 年。
5. 香阪順一著，植田均譯，李思明校：《水滸詞匯研究·虛詞部分》，文津出版社，1992 年。
6. 呂叔湘主編：《現代漢語八百詞》商務印書館，1980 年。

（原載日本《中國語研究》第 38 號，1996 年）

《朱子語類》的讓步複句

本文介紹宋代《朱子語類》中讓步複句的關聯詞、句式以及有關的一些問題，並從漢語發展歷史過程的角度作一些比較。材料的依據是中華書局 1986 年版的《朱子語類》（以下均簡稱《朱》），例句後的數字是指出自該書的頁碼。

筆者曾對《水滸全傳》（下次均簡稱《水》）的讓步複句作過全面的考察，並據其結果著文發表於日本《中國語研究》第 31 號（1989 年・東京・白帝社）。為便於比較，本文大致參照該文格式，引用數據亦出自該文。

一

對讓步複句的性質，諸家著法還未統一，有的將其範圍擴大到假設複句。有的甚至將某些轉折複句也囊括其中。因此，首先要明確讓步複句的性質及其與假設複句、轉折複句的界限。

讓步複句使用於這樣的場合：原來已有在情況 A 下的結果 X；為了強調或突出這個結果 X 的無庸置疑或不可動搖，便退一步設想在一種與 A 程度差別極大乃至性質不同的情況 B 下，其結果同樣為 X，而不是「理所當然」的 Y。

敢說公們無一日心在上面。莫說一日，便十日心也不在！莫說十日，便是數月心也不在！莫說數月，便是整年心也不在！2755

敢說公等無一日心在此上。莫說一日，一時也無！莫說一時，頃刻也無！2919

此二例均先有一結論「公們（等）無一日心在（讀書、思量）上面」，為了強調此結論之確鑿無疑，便分別假設了一種與「一日」差別極大（第一例往大裡推至「十日」「數月」，「整年」，第二例則往小裡推至「一時」「頃刻」）的情況，其結論仍然是X（「心不在此上」），而不是Y（「心在此上」）。

方伯謨曰：「佛法亦自不許長子出家。」先生曰：「縱佛許亦不可。」3038

此例之前是，有人言及某人長子棄家為僧，先生曰：「奈何棄人倫，滅天理至此！」認為不可。方伯謨接著指出「佛法亦自不許長子出家」，亦認為不可。先生便退一步假設了與情況A（「佛法不許」相反的情況B（「佛許」），結果仍然是X（「不可」），而不是Y（「可」），更加強調了「長子不可出家」的結論。

假設複句是偏句提出一個假設條件，正句表示在這一假設條件下自然產生的結果。

經書有不解處，衹得闕。若一向去解，便有不通而謬處。173

此例偏句衹是一種單純的假設（用假設連詞「若」），不是讓步複句的退一步假設（用讓步連詞（「雖」，「便」）；正句只表自然產生的結果（用關聯副詞「便」），而不是讓步複句的同樣產生另一種情況下的結果（用關聯副詞「亦」「也」）。因此，假設複句跟讓步複句的界限是十分清楚的。

轉折複句有兩種。一種是單純的轉折：偏句先陳述一種情況，正句則轉到與偏句相背的意思上去，如：

後山雅健強似山谷，然氣力不似山谷較大，但卻無山谷許多輕浮的意思。3334

此例的偏句不是假設（更不是退一步的假設），正句轉折意強（用轉折連詞「然」「但卻」），它與讓步複句的分別也是很明顯的。

另一種是讓步的轉折：偏句承認甲事為事實，但是正句表示乙事並不因甲事而不成立，如：

江彝叟疇問：「《洪範》載武王勝殷殺紂，不知有這事否？」曰：「據《史記》所載，且不是武王自殺，然說斬其首懸之，亦是有這事。」2044

此例偏句雖然在「退一步」這點上與讓步複句相同，但它是退一步承認事實（「不是武王自殺」），而不是退一步假設情況；同時，更重要的是重點在正句的轉折上用轉折連詞「然」）。因此，此類句子本質上仍然屬於轉折複句，不宜看作讓步複句，因爲它不能完全起到讓步複句的作用。

正因爲讓步複句在性質上不同於假設複句和轉折複句，因此，在表現方式上（特別是使用關聯詞語）也各不相同。

二

讓步複句的關聯詞和句式。

（一）關聯詞

讓步複句都要使用表示讓步複句本質特點的關聯詞。關聯詞有兩種：一是關聯連詞，用於偏句；一是關聯副詞，用於正句。

1、關聯連詞

《朱》中，讓步複句使用的關聯連詞有 21 個（645 次。下列括號內數字均省略「次」字）:「雖」（415）、「雖是」（54）、「雖便」（2）、「雖使」（6）、「縱」（57）、「縱然」（2）、「縱使」（10）、「縱饒」（5）、「便」（54）、「便是」（34）、「便雖」（5）、「便使」（1）、「便即」（1）、「使」（4）、「即」（3）、「正使」（1）、「政使」（2）、「假」（1）、「假使」（4）、「假饒」（2）。

上述 21 詞應該說都是《朱》時的口語詞，因爲這些詞都能用於含有當時流行的口語詞匯和語法形式的句子裡。當然各詞出現的時代並非同一個歷史層次，而是有早有晚。粗略地可分爲兩大類。一是上古詞：這類詞在先秦兩漢時期即已廣泛使用，歷史悠久，很有生命力，可以說是傳統詞，如「雖」、「縱」、「即」、「使」，「雖便」5 詞。另一是中古詞：這類詞有的出現於六朝，多數出現於唐宋，歷史還短，對《朱》來說，還是新興詞。除上述 5 個上古詞外，其他 16 個詞均屬此類。

關於關聯連詞對主語的位置，因多數關聯連詞使用次數不多或極少，且偏句未見有主語出現，對這些詞，自不便妄談。僅就偏句出現主語的句子來看，有如下兩種情況。

a、「雖」「雖是」「縱」三詞，既可在主語之前，也可在主語之後。如：

雖二者皆出於善也不得。1093／他血氣雖不流傳，他那個亦自浩然日生無窮。48／到「夜氣不足以存」，則此心陷溺之甚，雖是夜氣清時，亦不足以存之矣。1395／聖人雖是生知，亦何嘗不學！1139／今諸公盡不曾曉得，縱某多言何益，2917／眾人縱如何發憤，也有些無緊要心在。899

b、「使」「便使」「假使」「縱使」「雖便」「假饒」六詞則不用於主語之後，只用於主語之前。如：

如今人「即日伏惟尊候萬福」，使古人聞之，亦不知是何等說話。1981／便使時文做得十分好後，濟得甚事！2701／假使漢高祖能行夏時，乘商輅，亦只是漢高祖，終不可謂之禹湯。2957／不知縱使漢高祖能用夏時，乘商輅，亦只是這漢高祖也，骨子不曾改變。2957／雖使聖人清和，亦不過如此。1369～1370／假饒句句記得，段段記得，有甚精微奧妙！2759

2、關聯副詞

《朱》中讓步複句，正句大多數都用關聯副詞（587 次）。關聯副詞有「亦」（385）和「也」（202）。正句一般不出現主語，如有主語時，副詞「亦」、「也」不置於主語之前，只置於主語之後，如：

則雖有止息時，此水亦不能清矣。1393／若其他人不曾見，則雖說與它，它也不曉。568

（二）句式

根據是否使用關聯詞以及關聯詞的多少，《朱》中讓步複句有如下幾種句子格式（A 代關聯連詞，B 代關聯副詞。○代無關聯詞）。

1、「A……B……」

所有的關聯連詞和關聯副詞都可有此種句式，現各舉一例如下：

信如斯言，雖聖賢復生與人說，也祇得恁地。2970／雖是存得天理，臨發時也須點檢。1503／雖便得左相，湯做右相。也不得。3152／雖使聖人清和，亦不過如此。1369～1370／如他幾個禪，縱說高殺，也依舊掉捨這個不下。3060／縱然說得，亦袛是臆度。1204／縱使探討得，說得去，也承載不住。140／縱饒有所發動，袛是以主待客，以逸待勞，自家這裡亦容他不得。2902／便理會得，也無甚切己處。1105／若做得是，便是委命殺身，也是合當做底事。2966／便雖有聖人在，也須博取于放，方能成德。710／如是爲仁必須「博施濟眾」，便使「中天下而立，定四海之民」，如堯舜，也做不得。849／是時周公握了大權，成王自是轉動周公未得。便假無風雷之變，周公亦須別有道理。2052／若袛理會得民之故，卻理會不得天之道，便即民之故亦未是在！1927／居今之世，使孔子復生，也不免應舉。246／書只貴讀，讀多自然曉。今即思量得，寫在紙上底，也不濟事，終非我有。170／收復燕雲時，不曾得居庸關，門卻開在，所以不能守。然正使得之，亦必不能有了。2028／政使曉得，亦不濟事。2030／蓋志在利欲，假有善事，亦偶然耳。2900／假使自家欲如此做，也自鼓氣不振。3199／這假饒理會得十分是當，也都不關自身無事。139

2、「A……○……」

此式只見於「雖」「雖是」「縱」「縱然」「縱使」「縱饒」「便」「便是」「便使」9個關聯連詞，如：

袛怕人不下工，雖多讀古人書，無益。249／都不說時，雖是掉翻，依舊離這個不得。3036／縱那上有些零碎道理，濟得甚事！2938／謂如我窮約，卻欲作富底舉止，縱然時暫做得，將來無時又做不要。897／若於心未契，縱使寫在紙上，看來是甚麼物事？2862／今未曉得聖人作《易》之本意，便先要說道理，縱饒說得好，袛是與《易》元不相干。1629／既知不弘不毅，便警醒令弘毅，如何討得道理教他莫恁地！928／若義而得富貴，便是當得，如何掉脫得！584／便使時文做得十分好後，濟得甚事！2938

3、「○……B……」

關聯副詞「亦」「也」均有此種句式，如：

今番死亦不出。2669／這個，三歲孩兒也道得。349

在讓步複句總數中，「A……B……」式有540句，占78%；「A……○……」式有105句，占15.2%；「○……B……」式有47句，占6.8%。這可以看出，絕大多數都是關聯連詞和關聯副詞合用，衹用其中一個關聯詞的只是少數，全不用關聯詞的沒有。這就明，比起其他複句來，讓步複句更爲需要依靠關聯詞。

三

與句子有關的幾個問題：

（一）緊縮句

和其他複句一樣，讓步複句也有緊縮句。緊縮句的「緊」，就是緊湊，即偏句和正句之間沒有停頓；緊縮句的「縮」，就是縮略、省略，即對偏句和正句某些句子成分的省略。「縮」是手段，「緊」是結果。「縮」是常見的語言現象，但多數是「縮」而不「緊」，也就是說，偏句和正句之間仍需停頓，這不能算是緊縮句。只有「縮」而「緊」的句子才是眞正的緊縮句。這類句子並不太多，《朱》中約占讓步複句總數的四分之一。

既是通過省略使得兩分句之間不需停頓，所以緊縮句一般都很短，兩個分句的謂語多係單音節詞，如：

> 此聞是知得到，信得及，方是聞道，故雖死可也。626／宗廟朝廷重事，自用謹，雖知亦問。623／這下來，縱錯亦少。228／「夕死可矣」，雖死亦安，無有遺恨。661

也可以是其中一個謂語爲單音節詞，另一個謂語爲簡短的詞組，如：

> 我雖無禮亦得。626／今番死亦不出。669

也可以兩個謂語的爲簡短的詞組，如：

> 然便不做亦不免。3166／然「學而不思」，便是按古本也無得處。586

有的緊縮句，雖偏句稍長些，但正句極短；或雖正句稍長些，但偏句極短，如：

> 雖佛尋常言語奉持亦謹。3106／若果無所得，雖溫故亦不足以爲人師。575

（二）偏句僅有單個名詞語

《朱》中讓步複句有一部分是偏句僅爲單個的名詞語，如：

> 雖孔子也只得隨他那物事說，不敢別生說。1626／若會做工夫，便一字也來這裡使不得。2762／事事不敢做，兵也不敢用，財也不敢用。707

這些例句的偏句均只有一個名詞語「孔子」、「一字」或「兵」，「財」。其實，這類句子是由句子成分的高度省略而來。且看下面這些句子：

> 便如顏子，亦大段讀書。1362／便做聖資，於發處亦須審其是非而行。1515／官無大小，凡事只是一個公。若公時，做得事也精彩；便若小官，人也望風畏服。若不公，便是宰相，做來做去，也只得個沒下梢。2735／雖是郭子儀，也有主出來。2963

這些句子偏句中的「便如」、「便做」、「便若」、「便是」、「雖是」，都不是讓步連詞，而是一個讓步連詞（「便」、「雖」）加一個動詞（「如」、「做」、「若」、「是」）。如果進一步再將這些動詞省略，則偏句便分別成爲「便顏子」、「便聖賢」、「便小官」、「便宰相」、「雖郭子儀」了。下面的例子更能明顯地看出這種省略：

> 若是聖人，固無可克；其餘則雖是大賢，亦須著工夫。如何一日之間便能如此？雖顏子亦須從事於「四勿」。1050

「若是聖人」中的「是」是動詞，則「雖是大賢」中的「是」也無疑是動詞；正因爲「雖是」中的「是」是動詞，便進一步省略而成了末例的「雖顏子」。

《朱》中，此類句子數量不少，占讓步複句總數的五分之一左右（133句）。其中，大多數是正句省略了的主語正是偏句單個名詞語，如：

> 到知，則雖萬物亦只是一個知。298／如父慈子孝，雖九夷八蠻，也出這道理不得。325／方其學時，雖聖人亦須下學。1141／到他不從，聖人也無可奈何。272

也有一些偏句爲單個的時地名詞語，這種時地名詞語是從時地角度說明主句的，如：

> 但其父若有聖賢之道，雖百世不可改。511／若論變時，天地無

時不變。……非惟一歲有變，月亦有之；非惟月有變，日亦有之；非惟日有變，時亦有之。1788／見得世間無處不是道理，雖至故至小處亦有道理。2596

這類句子，從形式來看，前後兩部分只有一個主謂結構，極似單句；不過，從使用關聯詞來看，還是應該視爲句子成份省略的讓步複句較爲適宜。

（三）正句為反問句

《朱》中讓步複句的正句，絕大多數（92.4%）是陳述句，衹有極少數爲反問句。如前所述，讓步複句的作用是爲了強調正句所表示的結果。由於使用了相應的關聯詞，正句一般採用陳述句就可以了。但是，正句如果採用反問句，將使這種強調更爲突出，因爲反問句本身又起強調作用。如：

祇怕人不下工，雖多讀古人書，無益。249／若無其才而徒有其節，雖死何益！924／而今一齊說得枯燥，無些子滋味，便更看二十年，也只不濟事。2929～2930／縱那上有些零碎道理，濟得甚事！2938

這裡反問句的「何益」、「濟得甚事」顯然比「無益」、「不濟事」來得更有力。

《朱》中，正句爲反問句的讓步複句，不適用於「○……B……」句，而大多數（64%）用於「A……○……」句，如，

若只鶻突綽過，如風過耳，雖百看何補！2840／今不於明白處求，卻求之於偏旁處，縱得些理，其能幾何！2942／雖堯舜之世，豈無小人！1787

少數（36%）用於「A……B……」句。如：

如《盤庚》之類，非特不可曉；便曉了，亦要何用！198／縱有些個仁，亦成甚麼！480

這樣，我們可以說，正句爲反問句的讓步複句的語法特點是：偏句必須用關聯連詞，正句則多數不用關聯副詞。

（四）主語的出現與省略

《朱》中讓步複句偏句與正句的主語，有的必須出現，有的可以省略（或主語無定）。有如下四種情況：

1、「主……主……」

此類複句全是偏句與正句的主語不相同。為了不引起句意的誤解，兩個分句的主語都必須出現，如：

> 雖聖人不作，這天理自在天地間。156／聖人雖教人灑掃應對，這道理也在裡面。893

2、「……，主……」

此類句子也全是兩個分句主語全不相同，但偏句主語可以省略，正句主語則必須出現，否則，引起誤解。如：

> 若其他人不曾見，則雖說與它，它也不曉。568／雖是有司之事，孔子亦須理會。623／若不存得此心，雖歇得些時，氣亦不清，良心亦不長。1393

3、「主……，……」

此類複句偏句的主語已出現，根據句意和語境，正句主語可以省略。少數（17.3%）是偏句主語和正句主語（未出現）不同的，如：

> 便是小國不恭，亦撓他不動。1226／若不實能猷識得，雖聖人便說出，也曉不得。887

大多數（82.7%）是偏句主語和正句主語〔未出現）相同，如：

> 縱使文王做時，也須做得較詳緩。907／眾人縱如何發憤，也有些無緊要心在。889

4、「……，……」

此類複句偏句和正句未出現〔省略或不能說出）的主語，可以相同，也可以不同。如：

> 劉賁以布衣應直言極諫科，合如此說，縱殺身猶可以得名。3121／便是立神宗弟，亦無不是。3108

上述四種情況，基本上（94%）是第 3 類的「……，主……」句，其他三類都很少。

四

讓步複句的歷史發展。

語言是不斷發展的，讓步複句自然也是如此。《朱》中讓步複句是由古代漢語逐步發展而來，又繼續逐步發展到現代漢語。在這個發展過程中，《朱》書時代處於哪個階段？有哪些特點？這可以從下面幾個方面來考察。

（一）關聯連詞的單音節與雙音節

由單音節爲主到雙音節爲主是漢語詞匯發展的總趨勢。儘管各個不同的詞類乃至個體的詞的具體發展進程的時代並不整齊劃一，但總的說來是符合這個大的趨向的。就讓步複句的關聯詞而言，大致可以分爲三個發展時期。

1、古代漢語時期

這時期基本上的單音節詞的一統天下。先秦全部是單音節詞，漢代雖然出現了雙音節詞「雖使」，但衹是偶而用之，使用頻率極低。

2、近代漢語時期

這時期是以單音節詞爲主、雙音節詞爲輔。

魏晉南北朝，雙音節詞逐漸增多，已打破了單音節詞一統天下的局面。但雙音節詞使用頻率還很低，單音節詞仍處絕對優勢。這時期可以視爲古代漢語向近代漢語發展的過渡階段。

唐宋時代，情況已有很大的改變，雙音節詞大量湧現，《朱》即有 16 個。儘管它們的使用頻率也還不是很高，但已形成了有質的飛躍的單音節詞爲主（82.9%）、雙音節詞爲輔（17.1%）的新格局，的確進入了近代漢語時期，當然還衹能算是初期。

元明時代，單音節詞與雙音節詞的比例有了進一步的改變，如《水》中，單音節詞已降至 70%，雙音節詞則升至 30%，是典型的「單」主「雙」輔的近代漢語中期。

3、現代漢語時期

清中葉以來，單音節詞逐步降爲少數乃至極少數（基本上只用於書面語），雙音節詞逐步升爲多數乃至壓倒多數，這時已正式進入了雙音節詞占統治地位的現代漢語時期。

（二）雙音節讓步連詞的構詞方式

《朱》中雙音節讓步連詞，分別由並列與附加兩種方式構成。

並列式：由兩個同義詞素並列而成，而每個詞素都本是單音節的讓步連詞

（多數《朱》中還用，少數古代使用）。用這種方式構成的詞最多，有 13 個：「雖使」、「雖便」、「縱使」、「縱饒」、「便雖」、「便使」、「便即」、「便假」、「正使」、「政使」、「假使」、「假饒」。這些詞使用頻率還很低，合共祇占讓步連詞總次數的 6.6%。除「縱使」外，其餘 12 個詞都在 1%以下。這除了由當時單音節詞佔優勢的大形勢制約外，也與這些詞本身兩個具體詞素的結合還有相當的任意性有很大的關係。這也反映了近代漢語初期構詞的不穩定性。

附加式：是一個單音節詞素（實即一個單音節詞）後面附加上一個詞尾。詞尾有「是」和「然」兩個。附詞尾「是」的有「雖是」、「便是」二詞，附加尾「然」的只「縱然」一詞。這類詞雖然在數量上遠不及並列式，但使用頻率卻遠高於並列式，合占 10.7%。除「縱然」外，其餘兩詞均占 5.2%，都高於除「縱使」外其他 12 個並列詞的總和。

總起來說，《朱》中雙音節讓步連詞中，並列式詞數量多而使用少，附加式詞數量少而使用多（特別是「～是」詞）

到元明時代，情況起了變化。《水》的 12 個讓步連詞中，雙音節詞有 7 個。構詞方式有三：

附加式 5 詞（「便是」、「就是」、「總是」、「雖是」、「總然」），占總次數的 22.7%；並列式 1 詞（「縱使」），占總次數的 4.2%；單純式 1 詞（「遮莫」，此爲方言詞），占總次數的 1.4%。這些說明，此時雙音節詞已經轉成了附加式占壓側優勢，數量多且使用多。

現代漢語的口語中，幾乎全部是附加式的「就是」的一統天下；書面語中則用歷史更長的「便是」和「即使」，分別爲附加式和並列式。

（三）關聯詞的重點詞及其時代層次

各個時代讓步複句的關聯連詞有幾個、十幾個，關聯副詞也不止一個，但各詞的使用頻率並不相同，其中必有重點詞。

《朱》的 21 個關聯連詞中，「雖」用得最多，占總次數的 64.3%，約相當於其他 20 詞次數總和的二倍；其次是「縱」「便」「雖是」「便是」4 詞，均超過總次數的 5%；其他 16 詞均使用得極少，沒有一個達到總次數的 1%。《水》中關聯連詞有 12 個，重點詞爲「便」，占總次數的 64.4%；其次爲「便是」，占總次數的 20.9%；其他 10 詞合計只占總次數的 14.7%。現代漢語口語幾乎只用「就是」。關聯連詞重點詞經歷了「雖」（主）→「便」（主）→「就是」的演變過程。

《朱》中關聯副詞有「亦」和「也」兩個，以「亦」爲主（65.6%），「也」爲次（35.4%）。《水》中也有「亦」「也」兩個，但「也」已占絕對優勢（95.7%），「亦」只用 4.3%。現代漢語則全用「也」。關聯副詞重點詞經過了「亦」（主）→「也」（主）→「也」的演變過程。

如果我們把歷史大致分爲上古（先秦西漢）、中古（晉～宋）、近代（元明）和現代四個時期的話，我們會發現：各時代讓步複句關聯詞的重點詞不是同一時代出現的詞，而是歷史要久一些上一個時代出現的詞。如《朱》之「雖」「亦」均爲上古，《水》之「便」「也」均爲中古，現代漢語之「就是」爲近代，「也」爲中古。這說明，重點詞的轉變要經歷一個若干世紀的漫長過程，並非一個詞出現後幾年或幾十年、一百年即能成爲重點詞的。這也正說明語法變化的長期性。

（四）句式

讓步複句在歷史發展過程中，比起關聯詞來，句式是最穩定的。

由於關聯詞最能體現讓步複句的本質，因此，讓步複句幾乎全部要使用關聯詞，而且是關聯連詞和關聯副詞並用的「A……B……」句式占主導地位。這始終是各個時期讓步複句句式的一大特點。「A……B……」句，《朱》中占 78%，《水》中占 53.4%，現代漢語也是主要句式。《水》中的百分比雖小於《朱》，仍不失爲主導地位；況且造成這種情況的原因，不在於語言結構本身，而主要在於文體的差別。讓步複句一般用於對話，《水》是文藝作品，要求生動地描繪不同文化層次人物的言語特色，且語境起更大的作用；而《朱》則爲說理作品，且說話者均屬文化層次較高的人。

（五）緊縮句與偏句僅為單個名詞語

這兩種情況都是語句成份省略的產物，與時代發展關係不大。句子成份的省略是以不妨害句意準確表達爲根本原則的。具體句子成份的省略則由具體語境來決定，各個時代都是這樣。緊縮句和偏句僅爲單個名詞都僅僅是句子成份省略的一小部分結果，因此它們占的比重都很小。

綜合上述，我們可以認爲：讓步複句發展到《朱》書的宋代，已進入了不同於古代漢語的新的近代漢語階段，自然還衹是近代漢語的早期。到《水》的元明時代則眞正進入近代漢語的成熟期，此後再進一步逐漸發展到現代漢語。

（原載《安慶師院學報（社會科學版）》1996 年第 1 期）

《水滸全傳》中的選擇問句

《水滸全傳》中的選擇問句，數量不多（不到二百句），表達方式卻不少。這些表達方式絕大多數不同於古代漢語和現代漢語，研究它，可爲瞭解近代漢語狀況和漢語發展歷史提供一些資料。

一、完全式

完全式是把可供選擇的兩項都說出來。

1、用關係詞的

（1）「……也……？」式

長大，也是矮小？有鬚的，也是無鬚的？（水滸全傳，上海民出版社，1975 年，498 頁）

（2）「……，卻是……？」式

你要死，卻是要活？（同上，328 頁）

我猜不是晁保正，卻是兀誰？（同上，209 頁）

（3）「卻是……，卻是……？」式

你三個卻是要吃板刀麵？卻是要吃餛飩？（同上，455 頁）

（4）「或是……，也……？」式

或是黑瘦，也白淨肥胖？（同上，498 頁）

（5）「還是……，卻是……？」式

我等還是軟取，卻是硬取？（同上，182 頁）

（6）「還是……，祇是……？」式

客官，還是請人，祇是獨自酌杯？（同上，793 頁）

2、不用關係詞的

賢弟水路來？旱路來？（同上，1348 頁）

這饅頭是人肉的？是狗肉的？（同上，334 頁）

二、簡略式

簡略式是把可供選擇的兩項中的前一項說出，省去後一項，絕大多數以否定詞結尾。

1、用關係詞的

關係詞只有一個「也」字，「也」字置於否定詞的前面。

（1）「……也無？」式

「無」字否定的是「有」。

不知在此經略府中有也無？（同上，37 頁）

你有保人也無？（同上，926 頁）

（2）「……也不？」式

「不」否定的是除「有」以外的其他動詞。

夢中教我飛石的，正是這個面龐，不知會飛石也不？（同上，1193 頁）

不知肯吃葷腥也不？（同上，65 頁）

看道奈何得你們也不？（同上，644 頁）

如果問動作是否過去或完成，往往用「……也不曾？」式：

你的女兒躲過也不曾？（同上，66 頁）

不知張橫曾到岸也不曾？（同上，1372 頁）

有些前一項是動詞帶賓語，而後一項雖也有動詞但無賓語，也可算作簡略式：

端的果是糧草也不是？（同上，878 頁）

不知中二位意也不中？（同上，199 頁）

（3）「……也未？」式

「未」雖然在現代漢語中也用「沒有」表示，但它否定的不是『有」，而是除「有」以外的其他動詞。

我分付你的，安排也未？（同上，385 頁）

你且下去看老爺醒也未？（同上，570 頁）

2、不用關係詞的

（1）「……否？」式

多數在現代漢語中用「不」表示，否定的是除「有」以外的其他動詞。

你知法度否？（同上，95 頁）

小可有一計，不知中諸位心否？（同上，425 頁）

也有一部分在現代漢語用「沒有」表示，否定的是「有」。

曾有回信否？（同上，32 頁）

軍師有計破混天陣否？（同上，1096 頁）

（2）「……不（動）？」式

大漢，你認得宋押司不？（同上，267 頁）

（3）「……沒？」式

注子裡有酒沒？（同上，304 頁）

歸納起來，《水滸全傳》中選擇向句有如下幾個特點：

1、句尾不帶疑問語氣詞。古代漢語選擇問句句尾差不多必用語氣詞（如「乎」「與」「歟」「邪」「也」等），現代漢語選擇問句句尾也可以用語氣詞（如「呢」「啊」等），而在《水滸全傳》中沒有發現在選擇問句句尾用語氣詞的。

2、關係詞有「也」「卻是」等，但以「也」字爲主，它占全書選擇問句關係詞總出現次數的 80%以上。「或是」「還是」「衹是」不能單用。

3、否定詞有「否」「不」「無」「未」「沒」等，但以「否」「不」爲主，兩者共占全書選擇疑問句否定詞總出現次數的 80%以上。「否」字句中不能出現關係詞，用其他否定詞的句中絕大多數用關係詞。

4、表達方式多，大小共計達十五種之多，這是超過古代漢語和現代漢語的。

5、簡略式占絕大多數。在選擇問句的總數中簡略式約占 85%，完全式僅占 15%左右。

（原載《中國語文通訊》1982 年第 5 期）

《水滸全傳》中「得」「的」「地」通用情況的考察

「得」「的」「地」通用，是元以來書面作品中出現的一種現象。它一直延續了好幾百年，今天雖然基本上得到規範，但仍然有些殘留。這種通用現象值得研究，因爲它與對元明以來作品的準確理解有關，與今天對「得」「的」「地」的正確使用有關。爲使人們對這種現象有所瞭解，本文特介紹基本上反映元明近代漢語面貌的《水滸全傳》中「得」「的」「地」通用的情況，並就這種現象作一些分析。

一

《水滸全傳》（上海人民出版社 1975 年版）中，「得」「的」「地」通用表現爲「得」「的」通用和「地」「的」通用。

1.1 「得」「的」通用

所謂「得」「的」通用，是指「得」可以用「的」來表示，而不是「的」用「得」來表示；「得」有不少的意義，一部分可以與「的」通用，而另一部分則不能。

1.1.1 不與「的」通用的「得」

不與「的」通用的「得」是實詞「得」，具體來說，是動詞「得」和助動詞「得」。

（1）動詞「得」

解珍、解寶得了這言語，拜謝了劉家兄弟兩個，連夜回寨來。（463）

有兩件事最難得。（339）

早是得眾兄弟救了。（884）

似此怎得城子破？（1320）

老漢止有這個小女，如今方得一十九歲。（64）

（2）助動詞「得」

早晚不得擅離。（550）

敢被野貓拖了，黃狸子吃了，鷂鷹撲了去，我卻怎地得知？（588）

宋江等出郭迎接入城，陳安撫稱贊宋江等功勳，是不必得說。（1234）

1.1.2 與「的」通用的「得」

助詞「得」與詞素「得」都可以與「的」通用。這兩類「得」（的）共出現4209次，其中「得」占87.43%，「的」占12.57%。

1.1.2.1 助詞「得」

「得」作為助詞有三種，都是放在動詞的後面，引出補語。助詞「得」（的）共出現2698次，其中「得」占86.87%，「的」占13.13%。

（1）助詞「得」[1]

助詞「得」[1]連接表示動作的程度和結果的補語。本類「得」（的）共出現1004次，其中「得」占77.19%，「的」占22.81%。

師兄說得是。（88）

都寺說的是。（81）

當日晴明得好。（51）

是日晴明的好。（873）

七個人脫得赤條條的在那裏乘涼。（184）

祇見一個胖大和尚，脫的赤條條的，……坐在松樹根頭乘涼。（192）

本身姓金，雙名大堅，開得好碑文，剔得好圖書、玉石、印記。（490）

這個師父，端的非凡，使的好器械！（86）

北軍大敗虧輸，殺得星落雲散。（1176）

把那殿帥將軍、金吾校尉等二千餘人，殺的星落雲散。（1188）

殺得童貫膽寒心碎，夢裡也怕。（950～951）

宋兵殺的遼兵東西逃竄。（1055）

祇見外面一個大漢奔走入來，生得闊臉方腮，眼鮮耳大，貌醜形粗。（589）

此人生的面如鍋底，鼻孔朝天，卷髮赤鬚，彪形八尺。（799）

（2）**助詞「得」²**

助詞「得」²表示動作的可能性。本類助詞「得」（的）共出現 895 次，其中「得」占 90.84%，「的」占 9.16%。

宋江道：「這個也依得。」閻婆惜道：「祇怕你第三件依不得。」（252）

吳用道：「你若依的我三件事，便帶你去；若依不的，祇在寨中坐地。」（760）

朱仝聽罷，半晌答應不得。（646）

蔡福聽罷，嚇得一身汗，半晌答應不的。（781）

少刻我對知縣說了，看道奈何得你們不？（642）

我卻如何奈何的他？（408）

說甚麼閒話，救你不得。（103）

不是我弟兄兩個救你不的，事做拙了。（789）

不如日後等他拿得著時，卻再理會。（189）

如何拿的著？（199）

門前的莊客，那裏迎敵得住？（1295～1296）

把關的官員，那裏迎敵的住？（1046）

（3）助詞「得」[3]

助詞「得」[3]既表示動作的完成，又強調動作達到的結果。本類助詞「得」（的）共出現 797 次，其中「得」占 93.37%，「的」占 6.63%。

現今山寨裡聚集得七八百人，糧食不計其數。（240）

説道他聚集的四五百人，打家劫舍。（193）

今日謝天地，捉得三個行貨。（446）

便捉的他們，那裏去請賞？（171）

更兼學習槍棒，學得武藝多般。（205）

小人頗學的些本事，怎敢在娘子跟前賣弄？（991）

小人祇住得一夜。便回了，不曾得見恩相。（494）

小人在彼祇住的一夜，便來了，不曾得見太公。（432）

只見請得薛霸到閣兒裡。（99）

只請的趙樞密入城，相陪宿太尉飲宴。（1085）

入得城來，尋個客店安放下。（138）

入的城來，見了御弟大王耶律得重。（1025）

出得衙門，歎口氣道……（16）

宋江遂隨童子出的帳房，但見上下天光一色。（1077）

1.1.2.2 詞素「得」

詞素「得」都放在動詞素的後面。這種結構在《水滸全傳》中，一般都已經由詞組形成合成詞。詞素「得」（的）共出現 1511 次，其中「得」占 89.08%，「的」占 10.92%。

聽得潺潺的澗水響。（524）

宋江聽的鶯聲燕語，不是男子之音。（524）

原來高衙內不曉得她是林沖的娘子，若還曉的時，也沒這場事。（88）

是會的留下買路錢，免得奪了包裹。（535）

一條索綁縛這廝，來獻與大王，……免的村中後患。（195）

由你走道兒，我且落得吃了。（345～346）

宋江身邊有的是金銀財帛，自落的結識他們。（462）

我那爺，你如何不早通個大名，省得我做出了事來。（457）

如今小人情願不要他的，省的記了仇冤。（468～469）

莊裡扈太公有個兒子，喚做飛天虎扈成，也十分了得。（592）

你便是了的好漢，如插翅大蟲，再添的這夥呵，你又加生兩翅。（1039）

1.2 「地」「的」通用

所謂「地」的口通用，也是指「地」可以用「的」來表示，而不是「的」用「地」來表示。「地」也不是所有的意義都用「的」來表示，其中一部分是不能用「的」的。

1.2.1 不與「的」通用的「地」

不與「的」通用的「地」有兩類。

（1）實詞「地」

就地下把武松一條麻索綁了。（364）

撲地也倒了。（785）

（2）某些非輕讀的詞素「地」

有些詞中的詞素「地」是不輕讀的，如「特地」、「驀地」、「霍地」、「潛地」、「暗地」等。

鐵牛如今做了官，特地家來取我。（539）

林沖聽得，驀地跳出圈子外來。（136）

瓊英霍地回馬，望演武廳便去。（1173）

原來被石秀、楊雄埋伏五百步軍，放了三五把火，潛地去了。（968）

暗地使人去請得曹太公到來商議。（544）

1.2.2 與「的」通用的「地」

助詞「地」和輕讀的詞素「地」都可以與「的」通用。這兩類「地」（的）共出現 981 次，其中用「地」的 724 次，占 73.7%，用「的」的 257 次，占 26.3%。

1.2.2.1 助詞「地」

助詞「地」放在副詞、形容詞、象聲詞、動詞及詞組的後面，組成「地」字結構，基本上用來修飾動詞，作狀語，個別的作補語和謂語。這種「地」字結構的「地」，都可以用「的」來表示。「地」（的）字結構共出現 544 次，其中用「地」的占 61.76%，用「的」的占 38.24%。

「地」（的）結構有多種格式：

〔A・地（的）〕式

忽地跳出一隻吊睛白額虎來。（543）

眾人正奮勇上前，忽的都叫道：「苦也！苦也！」（1232）

李逵騰地跳將過去。（671）

智深不等他占身，右腿早起，騰的把李四先踢下糞窖裡去。（84）

〔A・B・地（的）〕式

把何濤兩腿衹一扯，撲通地倒撞下水裡去。（218）

艄公放下板刀，把張順撲通的丢下水去。（814）

李逵叫一聲，肐荅地博一個叉。（462）

李逵又拿起頭錢，叫聲：「快！」。肐荅的又博一個叉。（467）

〔A・B・C・地（的）式〕

當時拿了李應、杜興，離了李家莊，腳不停地解來。（635）

沒地裡的巡檢，東邊歇兩日，西邊歪幾時，正不知他那裏是住處。（479）

〔A・A・地（的）〕式

何九叔漸漸地動轉，有些蘇醒。（317）

王慶臉上沒了金印，也漸漸的闖將出來。（1218）

那婆子歡喜無限，接入房裡坐下，便濃濃地點道茶。（299）

便濃濃的點兩盞薑茶，將來放在桌上。（293）

〔A・B・B・地（的）〕式

十五人眼睜睜地看著那七個人都把金寶裝了去。（187）

你顛倒只管盤問，梁山泊人，眼睜睜的都放他過去了。（988）

見張順水淥淥地解到高俅。（983）

都是水淥淥的爬牆上屋。（1184）

〔A‧A‧B‧B‧地（的）〕式

上船把竹篙點開，搭上船，咿咿啞啞地搖出江心裡來。（814）

把船望上水咿咿啞啞的搖將去。（455）

在那陰涼樹下，吆吆喝喝地使棒。（1206）

那老兒戰戰兢兢的跳出來看了。（1122）

作狀語的，另外還有〔A‧B‧C‧D‧（的）〕式和〔A‧B‧A‧C‧（的）〕式：

那心頭一似十五個吊桶，七上八落的響。（4）

大吹大擂的在那裏吃酒。（1240）

上面這些都是作狀語的「地」（的）字結構。作補語和謂語的「地」字結構中的「地」，也可以用「的」來表示：

便是那人，脫得赤條條地，匾紮起一條水棍兒。（473）

只見一個胖大和尚，脫得赤條條的。（192）

縣前靜悄悄地。（205）

教場中誰敢做聲，靜蕩蕩的。（148）

1.2.2.2 詞素「地」

詞素「地」可以跟「怎」「恁」結合，組成合成詞「怎地」、「恁地」，這些詞裡的「地」也可以用「的」參弄示。詞素「地」（的）共出現 437 次，其中「地」占 88.79%，「的」占 11.21%。

「怎地（的）」共出現 267 次，其中「怎地」占 88.02%，「怎的」占 11.98%。都可以做主語、謂語、賓語和狀語。

李逵道：「怎地是負荊？」（903）

若無了御賜的馬，卻怎的是好！（717）

不把盞便怎地？（244）

我且看他怎的？（408）

你如今待要怎地？（531）

倒問我要怎的？（708）

你將來的銀，怎地裝載？（1298）

據你說時，林沖的事怎的方便他，施行斷遣？（98）

押司，你怎地忘了？（246）

你家店裡怎的有這等軍器？（587）

「恁地」（的）共出現 170 次，其中「恁地」占 90%，「恁的」占 10%。都可以作狀語、主語、賓語和小句。

如何縣前恁地靜？（205）

你這廝原來恁的歹！（123）

恁的也卻容易，我自有個道理。（650）

恁的必是妖術。（1063）

卻不知哥哥是恁地。（353）

他生性是恁的，如何教他改得。（471）

既是恁地，我們早吃些素飯，燒湯沐浴法。（581）

既是恁的，卻容易。（409）

2.1 從上述情況可以看出：《水滸全傳》中的「得」「的」「地」通用，並不是三者之間可以任意地通用，通用只限於「得」「的」之間和「地」「的」之間，至於「得」「地」之間是絕不通用的。通用的「得」「的」和「地」「的」也是有條件的，這就是「得」「地」的部分意義可以用「的」來表示，而「的」的意義卻不與「得」「地」通用。

2.2 「得」「的」通用部分的意義，對「得」來說，是本身具有的。「得」表示它，是「本職」；對「的」來說，則是臨時添加的，「的」表示它，是「兼職」。

助詞「得」和詞素「得」都是由實詞「得」虛化而來。古代漢語中，「得」既是動詞，表示「獲得」，又是助動詞，表示「可能」。

動詞「得」在漢時即可放在動詞的後面，獲得了轉義「達成」。唐宋時，這種動詞後表「達成」的「得」進一步虛化，於是成了連接表示動作的程度、結果的補語的助詞「得」[1]。也成了連接既表動作完成，又強調動作所達到的結果的補語的助詞「得」[3]，自後，又成了有相同意義的詞素「得」(如「覺得」、「記得」、「聽得」、「記得」等詞中的「得」)。

助動詞「得」也是在漢時即可放在動詞的後面，仍表「可能」、「可以」，以後逐步虛化爲表示「可能」「可以」的助詞「得」[2]和詞素「得」(如「免得」「恨不得」等詞中的「得」)。

至於「的」作爲助詞，只是元以來的事，它代替了唐宋時期的助詞「底」。因此，它本身具有的意義即是原來助詞「底」的意義（當然也有發展)，與「得」無關。

正因爲「得」和「的」本身具有的意義不同，所以在《水滸全傳》的「得」（的）總次數中，盡「本職」的「得」理所當然地占的比例最大（87.43%），而盡「兼職」的「的」占的比例很小（12.57%)。

2.3 和「得」「的」通用一樣，「地」「的」通用部分的意義，對「地」來說，是本身具有的，「地」表示它，是「本職」；對「的」來說，則是臨時添加的，「的」表示它，是「兼職」。

和「得」不同的是，虛詞「地」和詞素「地」並不是由實詞「地」虛化而來，兩者在意義上毫無聯繫，它們之間，祇不過是同音假借而已。

虛詞「地」和詞素「地」，一般在唐宋時期才出現。當時與「底」(「的」的前身）有比較明確的分工：「底」用於一般的形容詞和定語後面，「地」用於連綿字後，也用於副詞或詞組的狀語後面。到元代時，「地」繼續按照它的本身具有的意義向前發展，而「的」取代了「底」，按照「底」的本身具有的意義繼續向前發展。

正因爲「地」和「的」本身具有的意義有別，所以，在《水滸全傳》的通用的「地」（的）總次數中，盡「本職」的「地」占的比例很大（73.7%），盡「兼職」的「的」占的比例很小（26.3%)。

2.4 「的」之所以能用來表示「得」和「地」，是因爲它具備了語音和字義兩方面的條件。

（1）語音方面

兩字（或幾字）間的通用，首先取決於語音條件。這個條件是，通用的兩字或幾字）必須語音相同或極爲相近。作爲實詞的「的」「得」「地」三字，自古不同音，中古時也是這樣。《廣韻》：的，都歷切；得，多則切；地，徒四切。即使到了《中原音韻》時代，三字的讀音雖比較接近，但仍然有別：的：屬「齊微」韻，入聲作上聲，〔ti〕；得，屬「齊微」韻，入聲作上聲，〔tei〕；地，屬「齊微」韻，去聲，〔tɪ〕。這些不同的讀音，都是三字的本音。作爲虛詞和詞素的這三個字，如果按各自本音來讀，自然不能通用。所以我們可以推想，通用的這三個字，應該是輕讀，由於三個字的本音相近，可能都讀〔te〕。這樣，通用的語音條件此時已經具備了。

（2）字義條件

「的」「得」「地」輕讀，讀音相同，僅就這一點來說，三字之間可以互相通用。可是事實並非如此。如上述，「得」「地」絕不通用，「得」「地」也不能用來表「的」，衹有「的」才可表「得」「地」。這裡，牽涉到字義問題。

文字是語言的書寫符號系統。對文字，人們總是首先通過視覺去理解的。方塊漢字屬於表意文字，形義結合得緊密。一般來說，看到一個漢字，如果認識的話，很自然地在知道它的讀音的同時，就知道它的意義。一個音往往有幾個漢字，一個漢字往往有幾個意義，如果任意地同音通用，勢必引起書面交際的混亂。

「得」「地」作爲實詞，仍在廣泛地使用。由於這些字義的干擾，用它們來表示「的」，顯然是不便的（如把「我的銀兩」寫成「我得銀兩」、把「我要大的」寫成「我要大地」）；而「的」，作爲實詞，幾乎不用，不存在字義干擾的問題，用它來表示助詞和詞素「得」「地」，一般不會引起理解上的混亂。

正因爲「的」同時具備了語音相同和字義單純這兩個條件，它的「兼職」多也就可以理解了。

2.5 也正是由於實詞字義的嚴重干擾，「得」「地」之間互不通用，也是很自然的事。

2.6 「得」「的」「地」通用是屬於寫法不同的問題，但寫法不同也是受語言和文字的發展規律制約的，因爲文字記錄語言，採用哪個字，都必須服從有利於進行交際這個大目標。

用「的」來表示「得」「地」，也衹是一般不會引起誤解，而不是絕對。因爲它們各自本身具有的意義畢竟有別，不可避免地多少有些不便之處。看下列兩例：

原來楊志吃的酒少，便醒得快。(188)

莫不是他使的力猛，倒吃一交。(785)

這兩句中「吃的酒少」和「使的力猛」裡的「的」，該如何理解？如果「的」是盡「本職」，那「楊志吃的酒」和「他使的力」都是偏正詞組作主語，謂語是「少」和「猛」。這樣後一句的句意就成了「酒便醒得快」和「力倒吃一交」，顯然於原意講不通，因爲眞正的主語應是「楊志」和「他」。如果「的」是盡「兼職」，表示「得」，那「酒」和「力」分別是「吃」和「使」的賓語，「少」和「猛」則是表程度的補語。這樣分析才符合原意。事實上，這兩個詞組下列兩句中的「斷得棒輕」和「使得力猛」是屬於同一類型的：

原來武松吃斷棒之時，卻得老管營使錢通了，葉孔目又看覷他，知府亦知他被陷害，不十分來打重，因此斷得棒輕。(368)

武行者一刀斫將去，卻斫個空，使得力猛，頭重腳輕，翻筋頭倒撞下溪裡去，卻起不來。(380)

正因爲有這種不便，所以「得」「的」「地」通用，從交際角度來看，應該說是有消極作用的。這種消極作用，決定了用「的」表示「得」「地」的始終是少數，而且越來越少。

2.7 今天，人們根據語言中「的」「得」「地」各自的意義和職能，從表意漢字的實際出發，給這三個字以明確的分工：定語後跟「的」，狀語後跟「地」，補語前面用「得」。這無疑於交際有益。至於有人把漢字當作拼音文字，企圖將「的」「得」「地」三者合併爲一（「的」），這是無視漢字的表意性質，不妥當的。當然採用拼音文字，三者自然同爲〔de〕或〔d〕，那是必然的，不過那是將來的事。

（原載《安慶師範學院學報（社會科學版）》1985 年 4 期）

《水滸全傳》中的疑問代詞

本文介紹的是《水滸全傳》中疑問代詞的結構體系、使用情況和時代層次。

《水滸全傳》是十四世紀用白話寫成的一部巨著，它的言語材料基本上能夠反映元明時期近代漢語的面貌。因此，對疑問代詞發展史以及整個漢語發展史的研究來說，對近代漢語的斷代研究來說，本文都可以提供一些有益的資料。

本文依據的是上海人民出版社 1975 年版的《水滸全傳》。爲行文方便，下文均將《水滸全傳》簡稱爲《水》。文中引文後括號內的數字是指出自該書的頁數。

一、結構體系

《水》中疑問代詞有 46 個，共出現 4059 次。

1.1 各詞系屬

各詞分屬 10 系（括號內的數字是指占總次數的百分比）：

（1）誰系（9.24）4 詞：誰（8.28）、誰人（0.69）、誰個（0.05）、兀誰（0.22）。

（2）甚系（15.67）9 詞：甚（5.13）、甚麼（8.25）、甚樣（0.05）、甚麼樣

（0.17）、甚等樣（0.05）、爲甚（0.22）、則甚（0.17）、做甚（0.07）、做甚麼（1.56）〔註 1〕

（3）怎系（15.22）6 詞：怎（4.45）、怎生（3.42）、怎麼（0.71）、怎般（0.05）、怎地（5.81）、怎的（0.78）。

（4）何系（41.02）15 詞：何（11.68）、如何（22.64）、若何（0.42）、何如（0.10）、何等（0.15）、何等樣（0.17）、奈何（1.09）、緣何（0.94）、爲何（0.86）、因何（0.34）、何爲（0.07）、何故（1.53）、何以（0.34）、何曾（0.17）、何妨（0.52）。

（5）那系（14.86）3 詞：那（3.38）、那裏（11.38）、那曾（0.10）。

（6）幾系（1.45）4 詞：幾（0.42）、幾多（0.05）、幾曾（0.15）、幾時（0.83）。

（7）多系（1.11）2 詞：多（0.05）、多少（1.06）。

（8）安系（1.01）1 詞：安（1.01）。

（9）焉系（0.32）1 詞：焉（0.32）。

（10）恁系（0.10）1 詞：恁地（0.10）。

1.2 疑問代詞

單音節詞有 9 個，占總詞數的 19.57%，合成詞有 37 個，占總詞數的 80.43%；在總次數中，單音節詞有 1409 次，占 34.71%，合成詞有 2650 次，占 65.29%。

1.3 各詞用途

《水》中疑問代詞的用途有三（括號內數字是指占總次數的百分比）：

（1）詢問（65、16）36 詞：根據詢問的內容可以分成 9 項：人（6.28）、事物（3.50）、情況動作（8.72）、數量（1.36）、時間（0.59）、處所（7.02）、性質（12.61）、方式（7.86）、原因（17.22）。

（2）反問（32.32）32 詞。

（3）活用（2.52）9 詞：任指（0.84）、虛指（1.68）。

〔註 1〕「做甚麼」這個詞組的意義和用法有些特別，相當於現代漢語的「幹什麼」、「幹嗎」，因此特附入本類。

二、使用情況

2.1 詢問

2.1.1 詢問人

有 4 詞 255 次，分屬誰系和那系：誰占 69.02%，誰人占 6.66%，兀誰占 3.14%，那占 21.18%。

誰：一般指一個人，也可以指不止一人。主要作賓語（65.90%）。其次作主語（26.14%），個別作定語（7.96%）。作定語表示領有，除修飾「家」外，後面都要帶結構助詞「的」。

誰領人去走一遭？（233）

這個人是誰？（602）

你快説那六人是誰，便不打你了。（204）

你卻教我寄信與誰？（618）

唐二哥，你尋誰？（746）

卻贖誰的藥吃？（321）

前面角妓是誰家？（890）

誰人：主要作主語（47.06%）和賓語（47.06%），個別作謂語（5.88%）。

誰人如此聲喚？（19）

正是誰人？（209）

將軍所保誰人，可爲前部先鋒？（689）

兀誰：主要作賓語（87.50%），少數作定語（12.50%）。作定語，後面不跟結構助詞「的」。

我博兀誰？（467）

你道他是兀誰？（459）

你説兀誰兄弟兩個？（459）

那：衹作定語，表示在一定範圍內指出某個人或某些人。後面大多數要跟量詞，都不跟結構助詞「的」。

那個是新配到囚徒？（468）

你天下衹讓的那兩個人？（431）

衹不知白勝供指那七人名字？（207）

2.1.2 詢問事物

有 5 詞 142 次，分屬 4 系：誰占 11.27%；甚占 16.90%，甚麼占 40.14%；何占 11.27%；那占 20.42%。

甚、何、誰：均衹作賓語。誰，衹限於「姓甚名誰」的語句中。

你這漢子，姓甚名誰？（836）

他如今都把白楊樹木砍伐去了，將何爲記？（608）

甚麼：絕大多數作賓語（98.25%），極個別的作主語（1.75）。

你這老婢子，卻才道甚麼？（642）

梁上甚麼響？（703）

那：衹作定語，表示在一定範圍內指出一個或一些事物，後面多數跟量詞。

劈牌定對的好漢，在那房裡安歇？（910）

你前日與我去京師，那座門入去？（496）

哥哥，你且說那三件事？（533）

2.1.3 詢問情況動作

有 8 詞 345 次，分屬何系和怎系。如何占 59.05%，若何占 4.80%，何如占 1.13%，奈何占 12.43%；怎地占 13.84%，怎的占 2.54%，怎生占 3.67%，怎麼占 2.54%。

如何：基本上作謂語（83.25%），少數作賓語（7.66%）、補語（5.26%）和主語（3.83%）。作謂語時，有一部分表示商量口吻。

今日投名狀如何？（184）

薛永便起身道：「小弟在江湖上行，此處無爲軍最熟，我去探聽一遭如何？」（507）

把三百鐵甲哨馬分作兩隊，教去兩邊山後去出哨看是如何？（943）

看那大王時，生得如何，但見：赤髮黃鬚雙眼圓，臂長腰闊氣

衝天。（394）

這野貓今日醉得不好，把半山亭子、山門下金剛都打壞了，如何是好？（57）

若何：衹作謂語，詢問對方對某事的意見或態度，或者詢問情況。

曹正道：「……，此計若何？」魯智深、楊志齊道：「妙哉！妙哉！……」（194～195）

盧俊義便起身道：「盧某得蒙救命上山，未能報效，今願盡命向前，未知尊意若何？」（844）

未知鈞命若何？（1075）

何如：衹作賓語，詢問情況。

不知老父在家，正是何如？（520）

奈何：衹作謂語，詢問動作，表示「怎麼辦」。

寡人手下愛將數員，盡被宋江殺死，似此奈何？（1355）

怎地、怎的、怎麼：都是主要作謂語和主語，少數作賓語。

李逵道：「怎地是負荊？」（903）

不把盞便怎地？（244）

你如今待要怎地？（531）

若無了御賜的馬，卻怎的是好？（717）

我且看他怎的？（408）

畜生無禮！倒問我要怎的？（708）

怎麼叫做智取？（1238）

眾人道：「卻是怎麼？」（1226）

怎生：只作主語。

如今太尉放他走了，怎生是好？（10）

2.1.4 詢問數量

有 2 詞 55 次：多少占 72.73%，幾占 27.27%。

多少：主要作定語（74.42%），也作賓語（16.28%）和謂語（9.30%）。作定語時，除個別後面「斤」外，其餘（96.55%）後面都不帶量詞。

多少錢一桶？（51）

我昨日看見那天王堂前那個石約有多少斤重？（348）

莊家道：「再要多少？」（56）

太師大喜，便問：「將軍青春多少？」（800）

幾：衹作定語。

你這刀要賣幾錢？（139）

共是捉得幾個賊人？（630）

2.1.5 詢問時間

衹有「幾時」一詞，有兩個意思：

（1）什麼時候：絕大多數作狀語（95.65%），個別作賓語（4.35%）。

都頭，幾時回來？（639）

今朝是幾時？（860）

（2）多久：作謂語。

二位兄弟在此聚義幾時了？（554）

2.1.6 詢問處所

有 3 詞 285 次，分屬 3 系：那裏占 90.18%，何占 8.77%，安占 1.05%。

那裏：主要作狀語（46.31%）和賓語（41.63%），個別作定語（9.34%）和主語（2.72%）。作賓語，前面可以是動詞，也可以是介詞。作定語，大多數（87.50%）不帶結構助詞「的」。

客人那裏來？（120）

哥哥家在那裏？（280）

你這禿驢從那裏來？（736）

來的是那裏兵馬？（956）

你是那裏的宋江？（396）

店小二，那裏是金老歇處？（38）

何：衹作賓語，位置有二：作動詞賓語時，保留古代漢語特點，放在動詞的前面；作介詞賓語時，則放在介詞的後面。

投名狀何在？（134）

童子自何而來？（1077）

安：祇作賓語，保留古代漢語特點，放在動詞的前面。

正犯安在？（1016）

2.1.7 **詢問性質**

有 11 詞，共 512 次，分屬 3 系：甚占 23.44%，甚麼占 27.34%，甚樣占 0.39%，甚麼樣占 1.37%，甚等樣占 0.39%：何占 42.38%，如何占 0.39%，何等占 0.59%，何等樣占 0.78%；怎生占 1.95%，怎地占 0.98%。均只作定語。

甚、甚麼、甚樣、甚麼樣、甚等樣：甚麼、甚，主要修飾事物，少數修飾人；甚樣、甚麼樣，祇修飾人；甚等樣祇修飾事物。

大官人有甚緊事？（651）

官人請甚客？（117）

我哥哥幾時死了？得甚麼症候？（320）

這兩位是甚麼人？（926）

這三個是甚麼樣人？（165）

三個甚樣人？（446～447）

都是甚等樣匣子盛著？（706）

何、如何、何等、何等樣：何主要修飾事物，少數修飾人；如何、何等只修飾事物；何等樣只修飾人。

都監相公，有何公幹到此？（410）

卿等皆是何人？（1415）

楊春問道：「如何苦計？」（27）

你且說用何等軍器？（698）

卻是何等樣人寫下？（482）

怎地、怎生：都只修飾「模樣」。

你只直說我哥哥死的屍首，是怎地模樣？（322）

看那孟康怎生模樣，有詩爲證……（554）

2.1.8 詢問方式

有 6 詞，共 319 次，分屬 2 系：怎占 5.33%，怎生占 33.54%，怎麼占 3.14%，怎地占 26.02%，怎的占 2.19%；如何占 29.78%。都衹放在動詞前面，作狀語。

你怎得知？我正是宋三郎。（396）

晁蓋道：「怎生去救？用何良策？」（494）

似此怎麼打得荊南？（1247）

你將來白銀，怎地裝載？（1298）

據你說時，林沖事怎的方便他，施行斷遣？（96）

此事如何剖決？（791）

2.1.9 詢問原因

有 16 詞，共 699 次，分屬 3 系：如何占 47.78%，緣何占 5.44%，爲何占 5.01%，因何占 2.00%，何爲占 0.43%，何故占 8.87%，何以占 2.00%；怎占 5.58%，怎生占 0.29%，怎麼占 1.00%，怎般占 0.29%，怎地占 11.30%，怎的占 1.57%；爲甚占 1.28%，則甚占 0.29%，做甚麼占 6.87%。前 14 詞都作狀語，放在動詞的前面。

押司如何今日出來得早？（249）

教頭緣何被吊在這裡？（126）

教頭爲何到此，被村夫恥辱？（126）

山寨不曾虧負你半分，因何黃夜私去？（807）

師父何爲到此？（1394）

軍故何故叫苦？（493）

兄長今日朝賀天子回來，何以愁悶？（1282）

未見二位較量，怎便是輸了？（111）

怎生不見我那一個人？（764）

這幾時不見你，怎麼吃得肥了？（307）

俺爲娘面上，擔著血海般膽，留哥哥在此。倘遇恩赦，再與哥哥營謀。你卻怎般沒坐性！（1222）

押司，你怎地忘了？（246）

你家店裡怎的有這等軍器？（587）

爲甚都把刀槍插在當門？（600）

這14詞中，如何、緣何、爲何、何故、怎麼、怎地、怎的7詞還可以放在主語的前面，其他7詞則不能。

如何父寫書與兒子，卻使個諱字圖章？（494）

我已兩件都依你，緣何這件依不得？（212）

爲何盧俊義攻破兩座城池，恁般容易？恁般神速？（1108）

小子被擒之人，理合就死，何故將軍以賓禮待之。（693）

兄弟，怎麼前面賊兵眾廣？（604）

怎地這個大寺院，沒一個僧眾？（755）

不知怎的門户都開了，卻不曾失了對象？（704）

則甚：只作謂語。

你等尋武都頭則甚？（361）

做甚麼：作謂語和狀語。

你不買便罷，只管纏人做甚麼？（140）

你做甚麼便叉我？（247）

2.2 反問

誰、那、幾、多、安、焉、恁7系各詞和甚、怎、何3系大部分詞都可用作反問。

誰系：有4詞149次，其中誰占90.61%，誰人占7.38%，誰個占1.34%、兀誰占0.67%。它們都作主語，表示「沒有一個人」的意思。

你兩個且休說，節堂深處的勾當，誰理會的？（997）

鄰近州縣，祇好保守城池，誰人敢將軍馬剿捕？（1229）

兀誰教大官人打這屋簷過？（290）

酒後狂言，誰個記得？（484）

誰，還可進一步表示「出乎意料之外」。

我本想回清河縣去看望哥哥，誰想到來做了陽谷縣都頭。(278)

誰料室中獅子吼，卻能斷送玉麒麟！（783）

甚系：5 詞 155 次，其中甚占 25.81%，甚麼占 59.35%，則甚占 3.22%，做甚麼占 1.94%。

甚：基本上作定語（87.50%），少數作賓語（12.50%）。

高衙內説道：「林沖，干你甚事！你來多管！」(88)

放著我和你一身好武藝，愁甚不收留！（584）

甚麼：作賓語和定語。

我説甚麼？且不要道破他，明日小小地耍他耍便了。(663)

甚麼承局，敢進我府堂裡去！（94）

則甚、做甚、做甚麼：都衹作謂語。

既不赦我哥哥，我等投降則甚？（972）

宋江這一夥草寇，招安他做甚？（1036）

這個小賤人，留他做甚麼？（584）

怎系：5 詞 154 次，其中怎占 87.53%，怎生占 4.61%，怎麼占 1.30%，怎地占 4.61%，怎的占 1.95%。

怎、怎生、怎麼：都只作狀語。

量你這個落第窮儒，胸中又無文學，怎做得山寨之主！（226）

宿太尉看了那一班人模樣，怎生推脱得？（740）

李助道：「這怎麼使得？」(1224)

怎地：基本上作狀語（82.35%），少數作謂語（17.65%）。

天色看看黑了，倘或又跳出一隻大蟲來時，卻怎地鬥得他過？（275）

洒家又不白吃你的，管俺怎地？（56）

怎的：主要作狀語（66.67%），部分作賓語（33.33%）。

那小廝雖是平日與王慶廝熟，今日見王慶拿了明晃晃一把刀，在那裏行兇，怎的不怕？（1215）

放著石叔叔在家照管，卻怕怎的？（568）

何系：6 詞 524 次，其中何占 40.29%，如何占 53.22%，何等占 0.57%，何等樣占 0.57%，何曾占 1.34%，何妨占 4.01%。

何：主要作狀語（63.03%），部分作定語（32.70%），個別作賓語（4.27%）。

大丈夫飲酒，何用小杯！（894）

兩個都頭尚兀自不濟事，近他不得，我們有何用？（213）

赦罪招安，同心報國，青史留名，有何不美！（884）

如何：祇作狀語。

這李逵卻是穿山度嶺慣走的人，朱仝如何趕得上？（643）

何等、何等樣：祇作定語，修飾人。

小人是何等之人，對官人一處坐地？（315）

小人何等樣人，敢共對席？（99）

何曾：祇作狀語。

我讀一鑒之書，何曾見鎖魔之法？（18）

何妨：祇作謂語，表示「沒有關係」。

賢弟，你聽我說，我已單身，又無家眷，死卻何妨？（1413）

那系：3 詞 250 次，其中那占 19.20%，那裏占 79.20%，那曾占 1.60%。

那：主要作狀語（66.67%），部分作定語（33.33%）。

凡衝要通衢大路，都沒有人煙，靜悄悄地雞犬不聞，就要一滴水，也沒喝處，那討酒食來？（1273）

段二本是個村漢，那曉得甚麼兵機。（1239）

那些省院官，那個肯替朝廷出力，訪問賢良？（1282）

他們接這粉頭，專為勾引人來賭博，那一張桌子，不是他圈套裡？（1222）

那裏：祇作狀語。

先頭三個人，在三隻酒缸裡，那裏掙扎得起？（357）

如今便要去時，那裏投奔人，不如就了這條路罷。（47）

那曾：衹作狀語。

祇見罪人伏侍公人，那曾有公人伏侍罪人？（101）

幾系：4 詞 20 次，其中幾占 10%，幾多占 10%，幾曾占 30%，幾時占 60%。

幾：衹作定語。

奴有幾顆頭，敢賺你師父？（384～385）

幾多：衹作賓語。

教師，量這些東西，值得幾多，不須致謝。（449）

幾曾：衹作狀語。

你不帶我去便了，何消得許多推故！幾曾見我那裏嚇殺了別人家小的大的！（892）

幾時：衹作狀語。

我是清河縣人氏，這條景陽岡上，少也走過了一二十遭，幾時見說有大蟲？（271）

多系：2 詞 5 次，其中多少占 60%，多占 40%。

多少：衹作定語。

兄長當初若依了弟兄之言，衹住山上快活，不到江州，不省了多少事！（518）

多：衹作定語。

這屋裡多遠，你不會來，你又不瞎，如何不自上來，直等我來迎接他。（243）

安系：衹「安」一詞，38 次，作狀語。

太尉呼喚，安敢不來！（15）

臣量這等山野草賊，安用大軍！（833）

焉系：衹「焉」一詞，13 次，衹作狀語。

賊潑賤小淫婦兒，焉敢無禮！（1165）

殺雞焉用牛刀！自有戰將建功，不必主將掛念。（794）

恁系，衹「恁地」一詞，4 次，作狀語。

你說這話，須剜口割舌，今日天下恁地不太平？（183）

2.3 活用

活用包括任指和遠指。

2.3.1 任指

任指是疑問代詞不表示詢問或反問，表示任何人或任何事物。任指用得極少，衹有 9 詞 34 次：其中誰占 5.88%，甚占 8.82%，甚麼占 32.35%，怎麼占 2.94%，怎地占 5.88%，怎的占 5.88%，何占 14.71%，那占 11.77%，那裏占 11.77%。它們都表示在所說的範圍內沒有例外。多數前面有「不揀」「遮莫」等相配：

但是捉得史文恭者，不揀是誰，便爲梁山泊之主。（853）

不揀是何軍馬，並聽愛卿調遣。（1057）

前頭有的是大松林猛惡去處，不揀怎的，與他結果了罷。（100）

老爺不揀那裏，祇是白吃！（835）

洒家不忌葷酒，遮莫甚麼渾清白酒，都不揀選。（63）

有一部分前面沒有這些詞語：

若那個捉到射死我的，便教他做梁山泊主！（756）

2.3.2 虛指

虛指是疑問代詞不表示詢問或反問，衹是代替說不出或不說出的人或事物。虛指也用得極少，衹有 5 詞 68 次，其中誰占 10.29%，甚占 30.88%，甚麼占 51.47%，那占 2.94%，那裏占 4.42%。

原來卻是李大哥，我祇道是誰來？（456）

誰眞誰假皆作耍。（543）

他託誰的勢要推病在家，安閒快樂！（15）

無甚孝順，五十兩蒜條金在此，送與節級。（780）

你也須認的洒家，卻恁地教甚麼人在間壁吱吱的哭，攪俺兄弟吃酒。（36）

那假太尉祇把手指，並不聽得說甚麼。（741）

今年那個合死的，來我手裡納命。（972）

莫不是那裏曾廝會來？心中一時思量不起。（239）

2.4 詢問、反問、活用三大用途中使用諸疑問代詞的特點

2.4.1 三大用途中，沒有一種使用了全部疑問代詞，都衹是使用一部分，當然有的多，有的少。詢問啓用了 36 個，占總數的 78.25%；反問啓用了 32 個，占總數的 69.57%；任指衹啓用 9 個，占總數的 19.59%；虛指衹啓用 5 個，占總數的 10.87%。

2.4.2 表詢問的各類中，除時間類僅用一詞外，其他各類均使用 2～16 個不等的疑問詞。一類同時使用多個疑問代詞，其中必有一個或兩三個爲重點詞：數量類 2 詞以多少爲主，處所類 3 詞以那裏爲主，人類 4 問中以誰爲主，事物類 5 詞中以甚麼爲主，方式類 6 詞中以怎生、何、怎地爲主，情況動作類 8 詞中以如何爲主，性質類 11 詞中以何、甚麼、甚爲主，原因類 16 詞中以如何爲主。

一類同時使用多個疑問代詞的原因，有的是詢問的側重面而不同，如那詢問人或事物，側重在一定的範圍內指出一個或幾個；有的是充當句子成分不同，如情況動作類的奈何，若何衹作謂語，何如衹作賓語，怎生衹作主語，其他詞則同時可作主語、謂語和賓語；有的是修飾的對象不同，如何等樣衹修飾人，甚等樣衹修飾事物，何則既可修飾人，又可修飾事物；有的是在句子中的位置不同，如原因類的則衹放在動詞後面，怎生衹放在動詞前面，如何既可放在動詞前面，又可放在主語前面；有的則是詞的時代色彩的不同，如古語詞、書面詞、口語詞、方言詞等。

2.4.3 用於反問的，多數是以用於詢問爲主的詞（如誰、甚、怎生、如何等），少數是以用於反問爲主的詞（如則甚、怎、安），一部分則是專用於反問的詞（如誰個、做甚、何曾、何妨、那曾、幾多、幾曾、多、焉、恁地）。

2.5 各疑問代詞用於詢問、反問、活用的特點

2.5.1 各詞的用途絕大多數是單純或比較單純的，複雜的只是少數。

（1）用途單一的有 35 個，占總數的 76.09%。

a、衹用於詢問，並且詢問的內容只有一類的有 14 詞：若何、何如、奈何只問情況動作；甚樣、甚麼樣、甚等樣只問性質；爲甚、怎般、緣何、爲何、因何、何爲、何故、何以只問原因。

b、衹用於反問的有 10 個（見上）。

c、能用於詢問和反問，但詢問的內容也衹有一類的有 11 詞：誰人、兀誰

（問人），幾、多少（問數量），幾時（時間），安、那裏（問處所），何等、何等樣（問性質），則甚、做甚麼（問原因）。

（2）用途比較單純的有 5 個。這些詞詢問的內容雖然有兩類，但其中必有一類占明顯的優勢：誰，問人的占 91.67%；甚，問性質的占 83.33%；甚麼，問性質的占 71.67%；怎，問原因的占 69.63%；那，問人的占 65.06%。

（3）用途複雜的祇有 6 個。這些詞詢問的內容有三類乃至四類，但其中仍然有重點。詢問三類的：怎麼，以問方式爲重點（38.46%）；怎的，以問原因爲重點（40.74%）；何，以問性質爲重點（84.11%）。詢問四類的：怎生，以問方式爲重點（81.06%）；怎地，以問方式（38.43%）和原因（36.58%）爲重點：如何，以問原因（52.19%）和情況動作（32.65%）爲重點。

2.5.2 各詞充當的句子成分，多數單純（63.04%）和比較單純（10.87%），少數比較複雜（26.08%）。

（1）祇作一種句子成分的有 30 個，這些絕大多數是用途單純的詞。

祇作主語的：誰個。

祇作謂語的：則甚、做甚，若何、何如、奈何、何妨。

祇作賓語的：幾多。

祇作定語的：甚樣、甚麼樣、甚等樣、何等、何等樣、幾、多、恁地。

祇作狀語的：爲甚、怎、怎般、緣何、爲何、因何、何爲、何故、何以、何曾、那曾、幾曾、安、焉。

（2）作兩種句子成分而以一種爲主的有 4 個，這些都是用途單純或比較單純的詞：誰人，以作定語爲主；做什麼，以作謂語爲主；甚、那，以作定語爲主。

（3）作三種或三種以上句子成分的，往往也以一種或兩種爲主，有 12 個。這些絕大多數是用途較多的詞：誰，以作主語和賓語爲主；兀誰，以作賓語爲主；甚麼、多少，何，以作定語爲主；怎生、怎麼、怎地、怎的、如何、那裏、幾時，以作狀語爲主。

三、時代層次

《水》中爲數眾多的疑問代詞，從出現年代、使用頻率和使用特點三方面綜合考察，大致可以分成三個不同的時代層次：古代詞、亞古代詞和近代詞。

3.1 古代詞

有安、焉二詞。這些詞的特點是：

a、出現年代早，在上古即已廣泛使用。

b、使用得極少，衹 54 次，占疑問代詞總次數的 1.33%。

c、幾乎全部用在文言句式中，保留了古代漢語特點，如不用於任指和虛指，作賓語時，放在動詞的前面。

現代漢語中，已經不再使用這些詞。

3.2 亞古代詞

有何系各詞。這些詞的特點是：

a、出現年代早。何，和古語詞一樣，在上古即已廣泛使用。合成詞（除何等樣外），都是以古代詞作詞素，有的還是何處於動詞素或介詞素之前，它們在上古便常以詞組形式出現。

b、使用得比較多，共 1665 次，占疑問代詞總次數的 41.02%。

c、大部分用在白話語句中，具有近代漢語的特點；但也有一部分仍然用在文言語句中，保留著占代漢語的特點，如：何，問處所，作賓語時，仍然放在動詞前面；除何外，各詞都不能作任指和虛指。

這類詞都是書面詞，現代漢語中，這些詞已用得極少，大多數已分別歸到其他各系：問原因、性質和事物的一般歸到甚系，問方式和情況動作的歸到怎系，問處所的歸到那系。

3.3 近代詞

有誰、甚、怎、那、幾、多、恁系各詞。這些詞的特點是：

a、除誰、幾出現於上古外，其他各詞都出現得比較晚或很晚，如甚、怎、恁、那等一般出現於唐宋，合成詞的詞素多是近代才出現的。

b、使用得最多，有 2340 次，占疑問代詞總次數的 57.65%。

c、幾乎全部用在白話語句中，都具有近代漢語的特點。不少可以用作任指和虛指。作定語，後面可以跟結構助詞「的」作賓語，都放在動詞後面。

這類詞屬於口語詞，現代漢語中，這些近代詞的基本部分得到保留，並且有了很大的發展。

誰：是個生命力特強的詞，有很強的適應能力。古代漢語常用它，近代漢語也常用它，當然調整了某些用法（如後面可以跟「的」，作賓語時不再放在動詞或介詞的前面等）。現代漢語中，誰仍然是詢問人的一個最基本的詞。由「誰」作基本詞素組成的誰人、誰個，今天已經不再使用。兀誰，可能是一個方言詞，也不流傳到今。

那系的那、那裏，今天寫作哪、哪裡，仍然廣泛使用。那曾，基本上不再使用。

幾，今天繼續使用，並且作定語時，後面一般都跟量詞。幾時，今天用得很少。幾曾、幾多，今日則基本上不用。

多，多少：今天都廣泛使用。多，作狀語；多少，主要作定語，也作賓語。

恁地，可能是個方言詞，今天已經不再使用。

甚系和怎系是現代漢語疑問代詞的主要成員。

甚系的單音節詞，今天幾乎全部讓位於合成詞甚麼。甚樣、甚等樣，今天歸到甚麼樣。爲甚，也發展爲爲甚麼。則甚、做甚，發展爲做甚麼，或幹甚麼、幹嘛。

怎系的單音節詞，今天雖然還用，但是已經很少，多數併入了合成詞。怎麼，是今天怎系中最活躍的一個詞。怎生、怎般、怎地、怎的，今天都已經歸到怎麼、怎樣或怎麼樣。

3.4 古代詞、亞古代詞和近代詞在用途上的差別：

詢問人、數量、時間的衹用近代詞。

詢問事物、處所的基本上（89.0%）用近代詞。

詢問方式、性質的以近代詞爲主（58.36%），亞古代詞爲輔（41.64%）。

詢問情況動作、原因的則以亞古代詞爲主（73.41%），近代詞爲次（26.59%）

古代詞衹用於詢問處所。

虛指衹用近代詞。任指絕大多數（85.29%）用近代詞，少數（14.71%）用亞古代詞。兩者都不用古代詞。

四、簡短的結論

4.1 《水》中有一個相當完備的龐大的疑問代詞系統。

4.2 這個系統以複音節（基本上是雙音節）詞爲主，這符合漢語詞匯發展規律，很好地適應了漢語詞匯複音節化的需要。這説明，對古代漢語來説，在結構方面，《水》已實現了質的飛躍。

4.3 疑問代詞作賓語，不再置於動詞或介詞的前面，疑問代詞可以活用作任指和虛指兩點。這説明，對古代漢語來説，在用法方面，《水》也實現了質的飛躍。

4.4 近代詞中，意義相同、用法相同或極爲相近的複音節詞比較多，這是新興詞語發展前期不可避免的現象，這正體現了近代漢語的過渡特點。

4.5 正是在《水》所反映的元明近代漢語的基礎上，經過逐步規範，繼續發展而形成了現代漢語的疑問代詞系統。

（原載《安慶師範學院學報（社會科學版）》1986 年 4 期）

《水滸全傳》的指示代詞

本文考察《水滸全傳》指示代詞的系統、用法、特點及其時代層次。材料取自上海人民出版社 1975 年版的《水滸全傳》(以下簡稱《水》)。

一、結構系統

1.1 《水》中指示代詞有近指和遠指兩大類,計 9 系 24 個詞,共出現 10271 次(近指爲 58.12%,遠指爲 41.88%),見表一(數字爲占總次數的百分比。表內省去百分號,後表二同)。

表一

單純詞 83.17	這	29.97	此	13.62	恁	0.09	是	0.57	茲	0.07	斯	0.02	那	37.61	彼	0.53	其	0.69
合成詞 16.83	這般	1.88			恁般	0.39												
	這樣	0.06																
	這樣般	0.01																
					恁麼	0.11												
	這們	0.01																
	這等	0.96	此等	0.16									那等	0.08				
			如此	3.61														
					恁地	1.41												
					恁的	0.16												

	這裡	4.94											那裏	2.97				
	這早晚	0.08																
合 計 100	這	37.19	此	17.19	恁	2.16	是	0.57	茲	0.07	斯	0.02	那	40.66	彼	0.53	其	0.69

「這」系不包括詞組「這個」「這些」等。「此」系不包括含有詞素「此」的非指示代詞，如「似此、以此、以此上、故此」等。「恁」系不包括疑問代詞和人稱代詞的「恁、恁地、恁般」等。「那」系不包括詞組「那個、那些」，也不包括疑問代詞「那、那裏」（即現在的「哪、哪裡」）。「彼」系和「其」系均不包括人稱代詞和其他詞類的「彼」和「其」。「是」系不包括「兀是」。對於「兀是」，有人認爲是「這樣，這樣的」的意思，是指示代詞（見《國外語言學》1980年第 6 期，第 22 頁），本文認爲不妥。以下各例及全書其他例句的「兀是」都是副詞「還、仍」意：外面雪兀是未止。1121｜助虐匹夫，天兵到此，兀是抗拒。1129｜須臾，雹散雲收，仍是青天白日，地上兀是有如雞卵似拳頭的無數冰塊。1114

1.2 指示代詞按作用分爲指別詞和指代詞兩類，前者祇起指示作用，後者既起指示作用，又起代替作用。爲避免混淆，文中對指示代詞，只用全稱，不簡稱爲「指代詞」。在指示代詞的總次數中，指別詞占 83.29%，指代詞占 16.71%。

1.3 指示代詞按指示或代替的內容可分爲人事、情狀、時地三類。在指示代詞總次數中，人事類占 78.64%，情狀類占 8.99%，時地類占 12.37%。

二、使用情況

2.1 人事、情狀、時地三類使用各詞的情況，如表二左欄。

表二

三類使用各詞情況									各詞指示代替三類情況							
人 事		情 狀				時 地			人 事		情狀				時 地	
		性質	程度	方式	情況	時間	處所				性質	程度	方式	情況	時間	處所
指別	指代	指別	指別	指別	指別	指別	指代		指別	指代	指別	指別	指別	指代	指代	指代
98.18	1.82							這	38.24	32.00						
63.12	8.07	0.14		0.14		4.15	24.38	此	11.19	64.57	1.06		1.11		77.03	28.51
82.76	10.35					6.89		是	0.61	3.43					5.40	

						71.43	28.57	茲							6.75	0.16
100								斯	0.03							
100								那	48.87							
24.17							75.83	彼	0.17							
100								其	0.89							3.44
			77.78	22.22				恁				2.46	1.11			
		35.76	30.57	29.01	4.66			這般			36.70	20.78	31.11	3.31		
		27.50	65.00	5.00	2.50			恁般			5.85	9.15	1.11	0.37		
		83.33	16.67					這樣			2.66	0.35				
				100				這般樣					0.56			
			100					恁麼				3.88				
				100				這們					0.56			
		54.08	32.65	11.23	2.04			這等			28.19	11.27	6.11	0.73		
		93.75			6.25			此等			7.98			0.37		
		100						那等			4.26					
		4.52	23.14	23.40	48.94			如此			9.04	30.63	48.89	67.65		
		5.52	37.93	9.66	46.89			恁地			4.26	19.37	7.78	25.00		
			37.50	18.75	43.75			恁的				2.11	1.66	2.57		
							100	這裡								42.38
							100	那裏								25.51
						100		這早晚							10.82	

人事類：7 詞 8077 次。指別詞 97.83%，指代詞 2.17%。

a、指別詞，近指以「這」爲主，「此」次之。遠指以「那」爲主。「是」「斯」只修飾時間詞，「彼」只修飾處所詞，其他各詞可以修飾人，也可以修飾事物、時、地：

是日跟去人員，都有賞勞。1088｜斯時史文恭出馬，橫殺過來。8481｜若到了彼處，那裏使個得託的人寄封信來。262｜這火祇是北門裡火。511｜隨即喚令隨軍石匠，採石爲碑，令蕭讓作文，以記其事。1089｜那後生掄著棒又趕入來。20｜此時都有些月光明亮。372｜待我到那廟去走一回。1121

b、指代詞僅限於近指「這、此、是」。「這、是」只作主語，「此」主要作主語，少數作賓語。

這須不干我事，現有告人劉高在此。411｜此乃不祥之兆，兄長改日出軍。752｜是日笙歌細樂，錦堆繡簇，筵席酒肴之盛，洞房花燭之美，是不必說。1171｜好言撫諭，招安來降，假此以敵遼兵，公私兩便。918

情狀類：14 詞 924 次。它們或者指示人或事物的性質（20.34%），或者指示性質或動作的程度（30.74%），或者指示動作的方式（19.48%），或者代替某種情況或動作（29.44%）。前三者是指別詞，作定語或狀語，後者是指代詞，作主語、謂語、賓語、補語或小句。

本類「這、此、恁」三系各詞，雖爲數眾多，但意義相同。可以用系聯法來證明。

既然教授這般說時，且順情吃了。169｜你休這等說，我家在上的人，如何得知有大蟲在園裡？615｜既是如此說時，我和燕青上山寨報知哥哥，別做個道理。788｜恁地說時，我的兄弟死了！1349｜既是孩子恁的說時，我再來上下使用，買個好去處。439｜恁般說，且再處。1116｜我的這鳥腳不由我半分，自這般走了去，祇好把大斧砍了那下半截下來。664｜此去滄洲二千里有餘的路，你這般樣走，幾時得到？100｜是何神術，如此厲害 659！｜這撮鳥敢如此無禮！倒恁麼利害！734｜那兩個客人也不識羞恥，噇得這等醉了，也兀自不肯下樓去歇息。372！｜你兩個怎地吃的一碗，便恁醉了？446｜我卻不做這樣的人。287｜叢林中如何安著得此等之人？51｜押司不是這般的人，有事祇消得好說。254

「說、走、利害、人」等詞把 11 個情狀指別詞系聯了起來，說明它們同義。「這們」和「此」出現極少，沒有系聯機會，但從所處的句子也完全可以確定與前 11 詞同義。

這們睡，悶死我也。912｜此陣之法，聚陽象也。祇此攻打，永不能破。1078

代替情況、動作的指代詞，也是這樣。

隨即喚阮氏三雄，附耳低言道：「如此如此。」又喚林沖，劉唐受計道：「你兩個這般這般。」230～231｜既然如此，武二都記得嫂嫂的話了。289｜既然恁地，我們早吃些素飯，燒湯沐浴了去。581

｜衹這話休題，這等不是抬舉宋江，明明的是苦我。443｜恁般卻是好也！1122｜恁的必是妖術。1063｜我也爲如此而來。750｜不因此等，有分教，大鬧中原，縱横海内。94

時地類：均爲指代詞，共 7 詞 1270 次，時間指代詞占 5.83%，處所指代詞占 94.17%。

a、時間指代詞：衹有近指 4 詞，它們的意義和用法略有差異。

「此」：一般代替前文所述事件的時間，多指過去，作介詞「自、從」的賓語。

王倫自此方才肯教林沖坐第四位，朱貴坐第五位。從此五個好漢在梁山泊打家劫舍，不在話下。138

也可以指說話的當時，有的作介詞的賓語，有的單獨作狀語。

吾之所言，汝當秘受。保國安民，勿生退悔。天凡有限，從此久别。1078～1079｜既承如此相款，深感厚意，衹此告回。981

「是」：同「此」的一般意義和用法。

梁山泊自是無話。906

「兹」：代替說話的時候，即「現在」，單獨作狀語。

故兹詔示，想宜知悉。924

「這早晚」：代替說話的當時，即「這個時候」。

這早晚燒個八九分過了。122

b、處所指代詞：有近指和遠指。近指以「這裡、此」爲主，遠指以「那裏」爲主。它們主要作動詞或介詞的賓語，作主語、狀語、定語的占少數。

昨日張旺從這裡過，可惜不遇見哥哥。818｜此是何處，要寡人到此。1414｜我和你又不曾認得他那裏一個人，如何便肯收錄我們？584｜既是恩官在彼，黄信安敢不從？424｜我若尋得師父，也要那裏討個出身，求半世快樂。33｜五年於兹，官軍不能抵敵。1193

2.2 各詞指示代替人事、情狀、時地三大類的情況，見表二左欄。

從表二左欄中，可以看出它們的分佈和功能：

（1）「這、那、斯、其」衹出現於人事類，除「這」外，其餘三者均衹作指別詞。

（2）「這裡、那裏、這早晚、茲」祇出現於時地類，作指代詞。

（3）「是、彼、此」可以出現於人事類和時地類，個別的還可出現於情狀類。

（4）其他 13 個詞只出現於情狀類。「這般、恁般、這等，如此、恁地」5 詞用途最廣，可以指示性質、程度、方式，又可代替情況、動作。「這般樣，這們」祇指方式，「恁麼」祇指程度（個別代替情況），「那等」祇指性質。

三、主要特點

3.1 結構系統不整齊，近指詳備而遠指簡略。

現代漢語指示代詞結構整齊，各詞的近指和遠指幾乎全是兩兩相配：

這	這麼	這樣	這麼樣	這裡	這兒	這會兒
那	那麼	那樣	那麼樣	那裏	那兒	那會兒

而從表一可以看出，《水》中各詞的近指和遠指是不勻稱的。就合成詞說，近指 13 個，遠指僅 2 個。這 2 個遠指的詞固然有相應的近指「這等，此等」和「這裡」，但大量的近指都沒有相應的遠指。近指很詳細，遠指太粗略。

就近指內部各詞說，基本成分有「這、此、恁」三個，次要成分（般、樣……）有八、九個。沒有一個基本詞素能配所有的次要詞素，也沒有一個次要詞素能同時與三個基本詞素相配。除「這般」「恁般」和「這等」「此等」外，都是孤獨單一的。

3.2 各詞使用得極不平衡。

爲數眾多的指示代詞中，各詞的使用頻率差別極大。在總次數中，基本形式「那、這」兩詞佔了 67.58%，加上「此」，共 81.20%。其他超過 1%的僅「這裡、那裏、恁地、如此、這般」五個，其餘都不足 1%，而「這早晚，那等、這們、這般樣、這樣、斯、茲、恁」都是在 0.1%以下。

從表二右欄可以看出各詞在反映的內容方面也是有很大的差別的。

3.3 人事指別詞作定語時，其後跟量詞的尙屬少數。

《水》裡，七個人事指別詞中，「是、斯、彼、其」四詞後面都不跟量詞，跟量詞的祇有「這、那、此」三詞。

這座林子有名喚做野豬林。102｜祇見那條板凳四腳搬動，從天井中走將出來。1200｜有此位官人留下白銀一兩在此。241

「這、那、此」這三個詞能跟量詞的程度不同：指別詞「這」的總次數中，跟量詞的占 47.69%，指別詞「那」的總次數中，跟量詞的占 19.35%；人事指別詞「此」的總次數中，跟量詞的占 3.62%。「這」跟量詞的百分比雖大一些，但還不及半數，「那」跟量詞的百分比很小，「此」跟量詞的百分比就更小了。這些數字說明，《水》中人事指別詞作定語，其後還是以不跟量詞爲常。

3.4 性質指別詞作定語時，其後跟結構助詞者亦爲少數。

蔡太師將這件勾當抬舉我，都是此等地面，這般府分。235｜今日晁兄與眾豪傑到此山寨，你又發出這等言語來，是何道理？225｜我好幾時不見你，如何又做恁地模樣？368｜那裏有這樣好八字？1224｜賊人見喬道清如此法力，都下馬投戈，拜伏乞命。1254～1255

帶結構助詞者僅占 13.83%。「此、如此」只帶「之」，「恁般、這樣」祇帶「的」，「這般、這等、此等」多數帶「的」，少數帶「之」。

小弟誤了哥哥，受此之苦。407｜如此之罪，是滅九族的勾當。236｜卻不知兄弟正在陝州，又做出恁般的事來。1218｜我卻做不的這樣的人。286｜只恐家中老小，不知這般的消息。775｜既然頭領有這般之心，我等休要待他發付，自投別處去便了。224｜俺如今方始奉詔去破太遼，未曾見尺寸之功，如何肯做這樣之事？586｜智深好生無禮，全沒些個出家人體面，叢林中如何安著得此等之人？51｜嫂嫂休要這般不識廉恥，爲此等的勾當。286

3.5 人事代詞作主語的判斷句，係詞的出現與否和係詞的類型比較複雜。指代詞「這」全部作主語，「此」98.23%作主語。它們作主語的句子，95.21%是判斷句。「這」作主語的判斷句中，全部帶係詞「是」。

這是笑裡藏刀，言清行濁的人！225

「此」作主語的判斷句中，25.96%不帶係詞，74.04%帶係詞。主要是「是」，其次是「爲」、「非」。

非是吳用過稱，理合王倫讓第一位頭領坐，此天下之公論。223｜此是表弟葉巡檢。891｜依次而飛，不越前後，此爲禮也。1279｜此非出家人閑管之事。670

3.6 部分人事指別詞的後面可以跟專有名詞。「是、斯、彼、其」後都不帶專有名詞，帶專有名詞的衹有「這、此、那」。「這、那」帶的可以是人名，也可以是地名，一般衹帶一個，個別帶兩個。

這解珍、解寶被登雲山下毛太公與王孔目設計陷害，早晚要謀他兩個性命。622｜那朱仝，雷橫兩個，專管擒拿賊盜。153

「此」的後面衹帶地名。

將此薊州與盧先鋒管了，卻取他霸州。1037

3.7 情狀指代詞作補語，前面多數有「得」或「的」，少數沒有。

宋江等本無異心，衹要歸順朝廷，與國家出力，被這不公不法之人逼得如此，望將軍回朝廷善言相救。950｜我也是朝廷命宮之家，無可奈何，被逼迫的如此。421｜先生息怒，你來尋晁保正，無非是投齋化緣。他已與了你米，何故嗔怪如此？174

3.8 「這」、「那」都不作賓語。「那」不能作主語。

四、時代層次

《水》中眾多的指示代詞，根據歷史上出現的早晚和使用的情況，可以分成三個不同的時代層次：古語詞、書面語和口語詞。

4.1 古語詞

「是、茲、斯、彼、其」，在《水》中極少使用，衹占指示代詞總次數的1.96%。它們全部保留了古代漢語的特點，譬如，後面不帶量詞或結構助詞，不修飾專有名詞，所修飾的一般只是單音詞等。

4.2 口語詞

口語詞有「這」、「恁」、「那」三系各詞，這些詞一般都是唐宋時才出現，歷史比較短，使用得最多，占指示代詞總次數的 80.60%，它們是地道的口語詞。

「這」系：各類詞齊備，是近指的主幹。「這、這裡」一直保留到現代漢語。「這樣」雖少，卻有生命力。「這般、這般樣」以後都歸入「這樣、這麼樣」。「這們」應是「這麼」的前身。今天，「這早晚」還用，但遠不如「這會兒」。

「恁」系：比較特別，它可能來源於「然」。在《水》中，它不同於「這」系，不見於人事類和時地類，衹出現在情狀類中，使用的次數低於同類的「這」系各詞，各詞很少與「這」系相配。

「那」系：使用得比「這」系要多，但很不齊備：「那」還不能作指代詞，時間指代詞和情狀類（除使用得極少的「那等」外）都不與「這」系同類各詞相配，與「這」系整齊相配，是後來的事。

4.3 書面詞

我們把介於古語詞、口語詞之間，在書中使用比較多，帶有某些近代漢語特點的文言詞或文言色彩很濃的詞稱作書面詞。

書面詞有「此」系的「此」、「如此」和「此等」。這三個詞歷史也很悠久，但又不全同於古語詞：a、使用得遠比古語詞多，占指示代詞總次數的 17.44%。b、具有近代漢語的某些特點：後面可以帶量詞；可以帶結構助詞「之」、「的」；可以修飾專有名詞，判斷句裡，後面可帶係詞；所修飾的已有相當一部分是多音節（主要是雙音節）詞或詞組。

《水》中指示代詞數目眾多，雙音節佔優勢，近指詳備而遠指簡略，結構系統不勻稱，後帶量詞、結構助詞和係詞，但不普遍，時代層次分明，等等。根據這些，我們可以說，《水》在指示代詞方面，處於近代漢語的成熟期。

（原載《語文研究》1986 年 1 期）

《水滸全傳》的因果句

《水滸全傳》的因果句有說明因果和推論因果兩類。推論因果複句往往前一分句用連詞「既」「既然」「既是」，後一分句用「便」照應，比較簡單，本文不打算介紹。本文要介紹的是說明因果複句，因爲這類複句在使用連詞和句式等方面，都有比較明顯的特點。爲行文方便，下文將說明因果複句省稱爲因果句，將上海人民出版社 1975 年版的《水滸全傳》簡稱爲《水》，在例句後面標注的數字則是該書的頁碼。

一

《水》中因果句有許多是不用連詞的，如：

（1）人見我唱得好，都叫我做鐵叫子樂和。（617）

（2）小人要結識仁兄，特來報知備細。（507）

（3）那大蟲不曾再展再撲，一者護那疼痛，二者傷著他那氣管。（542）

（4）這話休題，恐被外人聽了不好。（646）

（1）（2）例是前因後果複句，（3）（4）例是前果後因複句。

《水》中因果句也常常使用連詞。連詞有兩類：一是引出原因項的，我們稱之爲因連詞；一是引出結果項的，我們稱之爲果連詞。合稱爲因果連詞。

使用連詞的因果複句，可以分爲下面五種句式（A 代替因連詞，B 代替果連詞，O 代替無連詞）

1、A……0……

這種句式使用的因連詞有七個：「因」「因爲」「因是」「爲」「爲因」「爲是」「緣」。

(5) 因你性急，誰肯和你同去，你只自悄悄地取娘便來。(533)

(6) 宋江因見父親嚴訓，不曾前往。(513)

(7) 因爲此人性急，人皆呼他爲急先鋒。(796)

(8) 先一遭進兵攻打，因爲失其地利，折了楊林、黃信。(612)

(9) 因是宋公明生發背瘡，在寨中調兵遣將，多忙少閑，不曾見得，朱貴權且教他在村中賣酒。(835)

(10) 爲他雙睛紅赤，江湖上人都喚他做火狻猊。(553)

(11) 小人爲見本人是個好男子，不忍下手。(684)

(12) 爲因俺這裡無人幫護，撥他來做個提轄。(41)

(13) 小人原是殿司制使，爲因失陷花石綱，削去本身職役。(141)

(14) 爲是人少，不敢去追。(661)

(15) 小弟本欲陪侍兄長，奈緣我職役在身，不能夠閒步同往。(404)

在語音上，這些連詞與原因項之間連接很緊，不容停頓。在用法上，除「緣」前面常出現「奈」外（例（15）），其他都可以獨立使用；除「因是」「爲是」「緣」必須放在主語前面外（例（9）（14）（15）），其他各詞既可以在主語之前（例（5）（7）（10）（12）），也可以在主語（包括被省略的主語）之後（例（6）（8）（11）（13））。

2、0……B……

這種句式使用的果連詞有十二個：「因此」「因此上」「因而」「因是」「以此」「以此上」「致」「以致」「故」「故此」「所以」「由此」。這些詞一般都可以通用，需要指出的只是「致」引出的僅限於不好的結果。「以致」一般也是引出不好的結果，但少數也可以引出好的結果，如下文例（26），這一點和現代漢語不同。

(16) 我時常思量你，眼淚流乾，因此瞎了雙目。(538)

(17) 次日，林沖自買這口刀，今日太尉差兩個承局來家呼喚林沖，

叫將刀來看。因此，林沖同二人到節堂下。(96)

(18) 我見哥哥要吃素，鐵牛卻吃不得，因此上瞞著哥哥。(664)

(19) 前番陳太尉來招安，正是詔書上並無撫恤的言語，更兼抵換了御酒。第二番領詔招安，正是詔上要緊字樣，故意讀破句讀：「除宋江，——盧俊義等大小人眾所犯過惡，並與赦免。」因此上，又不曾歸順。(990)

(20) 一時見本官衙內許多銀酒器皿，因而起意，黑夜乘勢竊取入己。(365)

(21) 小弟又去無爲軍打聽，正撞見侯建這個兄弟出來吃飯，因是得知備細。(507)

(22) 昨夜失了這件東西，以此心下不樂。(706)

(23) 那眾僧都在法壇上看見了這婦人，……一時間愚迷了佛性禪心，拴不定心猿意馬，以此上德行高僧世間難得。(566)

(24) 哥哥與他交鋒，致被他捉了，解送青州。(726)

(25) 都似你這等懦弱匹夫，畏刀避劍，貪生怕死，誤了國家大事，以致養成賊勢。(929)

(26) 想必其人是個眞男子，以致天下聞名。(725)

(27) 未敢擅便，故來稟告我師。(670)

(28) 他道：「待盧某克了城池，卻好到兄長處報捷。」故此留小弟在彼，一連住了三四日。(1153)

(29) 段氏兄弟知小弟有劍術，要小子教他擊刺，所以留小子在家。(1223)

(30) 今被呼延灼用連環甲馬衝陣，無計可破，是小弟獻此鉤鐮槍法。只除是哥哥會使，由此定這條計。(709)

在語音上，單音節連詞與它所引出的結果項之間連接緊密，不容停頓；雙音節和三音節連詞（除「因此」「因此上」外）與結果項之間，雖不及單音節連詞的那麼緊密，但也是不停頓的，只有「因此」「因此上」與結果項連接鬆些，如結果項比較簡短，一般也不停頓（例（16）（18））；如結果項比較複雜，則可以停頓（例（17）（19））。在用法上，果連詞一般都是放在結果句的主語（包括被省略的主語）之前的。

3、A……B……

這種句式由六個因連詞（「因」「因爲」「爲」「爲因」「爲是」「緣」）和八個果連詞（「因此」「因此上」「因而」「以此」「致」「故」「所以」「爲此」）搭配而成，共有二十一個具體格式，各舉一例如下：

(31) 只因我兩口兒無人眷養，因此不過房與他。（237）

(32) 因他師父是家裡門徒，……長奴兩歲，因此上叫他做師兄。（564）

(33) 武松因祭獻亡兄武大，有嫂不容祭祀，因而相爭。（333）

(34) 只因宋江千不合、萬不合，帶這張三來他家裡吃酒，以此看上了他。（238）

(35) 因他酒性不好，爲此不肯差人與他同去。（533）

(36) 只因公孫勝要降服他，所以容他遁入嶺中。（1150）

(37) 因去高唐州救柴大官人，致被知府高廉兩三陣用妖法贏了，無計奈何。（668）

(38) 因爲這三岔路上，通三處惡山，因此特設這清風寨在這清風鎮上。（401）

(39) 因爲他面顏生得粗莽，以此人都叫他做鬼臉兒。（591）

(40) 只爲殺的人多，因此情願出家。（85）

(41) 爲他碧眼黃顏，貌若番人，因此人稱爲紫髯伯。（870）

(42) 爲你生性不善，面貌醜惡，不爭帶你入城，只恐因而惹禍。（892）

(43) 蓋爲不得其人，致容滋蔓。（929）

(44) 爲因武松殺了張都監一家人口，官司著落他家追捉凶身，以此連夜挈家逃走在江湖上。（719）

(45) 不合爲因貪捉宋江，深入重地，致被擒捉。（696）

(46) 爲是爺爺江湖上有名目，提起好漢大名，神鬼也怕，因此小人盜學爺爺名目，胡亂在此剪徑。（536）

(47) 爲是他性急，撮鹽入火，爲國家面上，只要爭氣，當先廝殺，以此人都叫他做急先鋒。(148)

(48) 爲是下土眾生作業太重，故罰他下來殺戮。(674)

(49) 非是敝山不納眾位豪傑，奈緣只爲糧少房稀，恐日後誤了足下，眾位面皮不好看，因此不敢相留。(225)

(50) 你這一班義士，久聞大名，只是奈緣中間無有好人，與汝們眾位作成，因此上屈沉水泊。(990)

(51) 臣舊歲率領大軍，前去征進，非不效力，奈緣暑熱，軍士不伏水土，患病者眾，十死二三，臣見軍馬艱難，以此權且收兵罷戰，各歸本寨操練。(999)

4、O……B……B……

這種句式是兩個不同果連詞的連用。前一個果連詞連接的句子具有雙重性質：既是前一原因項引起的結果項，又是後一個果連詞連接的結果項的原因項。

(52) 王倫見了俺兩個本事一般，因此都留在山寨裡相會，以此認得你師父林沖。(191)

(53) 蔡攸、童貫，兵無節制，暴虐士卒，軍心離散，因此，被劉敏殺得大敗虧輸，所以陷了宛州，東京震恐。(1230)

(54) 原來大江裡漁船，船尾開半截大孔，放江水出入，養著活魚，卻把竹笆籬攔住，以此船艙裡江水往來，養得活魚，因此江州有好鮮魚。(471)

(55) 當初他母親夢井木犴投胎，因而有孕，後生此人，因此人喚他做井木犴。(800)

(56) 不想宋江軍馬，兵強將勇，席捲而來，勢難迎敵，致被袁評事引誘入城，以致失陷杭州，太子貪戰，出奔而亡。(1361)

5、A……B……B……

這種句型是由套用和連用結合而成的。

(57) 爲是無人可以當抵，又不怕你叫起撞天屈來，因此不曾顯露，

所以無有話說。（883）

(58) 元景雖知義士等忠義凜然，替天行道，奈緣不知就裡委曲之事，因此，天子左右未敢題奏，以致耽誤了許多時。（1004）

二

《水》中因果連詞有如下一些特點。

1、因果連詞，無論是數量還是使用次數，都是以果連詞爲主，因連詞爲次。就數量來說，因果連詞共有二十個，其中果連詞十三個，占 65%，因連詞七個，占 35%。就使用次數來說，因果連詞共出現九百五十二次，其中果連詞五百三十一次，占 55.78%，因連詞四百二十一次，占 44.22%。

2、因連詞中各詞的使用頻率差別很大，如表一。

表一

	因	因爲	因是	爲	爲因	爲是	緣	合計
次　數	251	24	4	71	27	24	20	421
百分比	59.60	5.70	0.95	16.88	6.42	5.70	4.75	100

從表一可以看出兩點：

1、就音節而言，單音節詞使用次數遠遠超過雙音節詞，「因」「爲」「緣」三詞共佔了 81.23%。現代漢語則絕大多數使用雙音節詞。

2、就具體詞而言，「因」的使用次數大大超過了其他六詞之和，其次是「爲」，兩者合計共占總數的 76.48%。現代漢語口語主要用雙音節詞「因爲」，用「因」只是個別的。至於書面詞「由於」，在《水》中竟然沒有出現。

3、果連詞中各詞使用頻率的差別也很大，如表二。

表二

	因此	因此上	因而	因是	以此	以此上	致	以致	故	故此	所以	由此	爲此	合計
次　數	334	19	11	2	93	1	13	27	7	1	21	1	1	531
百分比	62.90	3.58	2.07	0.38	17.51	0.19	2.45	5.09	1.31	0.19	3.95	0.19	0.19	100

從表二可以看出兩點：

1、就音節而言，幾乎全部使用雙音節和三音節詞，單音節詞使用次數只占總次數的 3.76%。

2、就具體詞而言，「因此」的使用次數大大超過了其他十二個詞的總和，其次是「以此」，兩者合計共占 80.41%。現代漢語常用「所以」和「因此」，有時還用「以致」等。

三

《水》中因果句有如下五個特點：

1、使用連詞的因果句，都是前因後果句，強調原因的前果後因句都不使用連詞。現代漢語裡卻有「之所以……，是因爲……」的前果後因句。

2、在使用連詞的八百九十一個因果句中，絕大多數是連詞單用的，共八百三十二句，占總數的 93.40%；連詞套用和連用的很少，只五十九句，占 6.60%。現代漢語則常使用連詞套用的句式。

3、連詞單用的句子以「0……B……」式的居多，共四百六十五句，占總數的 55.89%；「A……0……」式的爲次，共三百六十七句，占 44.11%。

4、因連詞和果連詞套用（包括套用兼連用）共五十九句。在二十一個具體句式中，以「爲……因此……」「因……因此……」「因……以此……」和「因爲……以此……」四式爲主，共占套用總句數的 55.56%，而其他十七種只占 44.44%。這種套用和現代漢語的最大不同處是：除「因……所以……」式外，其他各式的果連詞本身就含有「因爲……所以……」的意思。這樣的果連詞主要有「因此」「以此」「因此上」「因而」「爲此」「以致」「致」等。這些詞在現代漢語中一般是不與因連詞套用的。現代漢語只有「因爲……所以……」式，沒有「因爲……因此……」式。

5、連詞連用只限於果連詞。連用往往造成意義不易理解，因此爲數極少，包括套用兼連用在內，僅僅七句，在使用連詞的因果句總數中，只占 0.84%。

（原載《中國語文》1987 年第 2 期）

《水滸全傳》的否定詞

本文主要介紹《水滸全傳》中否定詞的結構系統和使用情況。材料取自上海人民出版社 1975 年版的《水滸全傳》（以下簡稱《水》），引例後的數字指出自該書的頁數。

一、概況

1.1 結構系統

《水》中否定詞有 24 詞，分屬於 11 系，共出現 10450 次。各系、詞及其占總次數的百分比如下表。

系		詞							
不	72.20	不	66.46	不曾	3.49	不要	1.95	不得	0.30
非	2.01	非	1.68	非是	0.33				
無	10.67	無	10.31	無有	0.36				
沒	5.54	沒	5.36	沒有	0.18				
未	2.61	未	1.99	未有	0.08	未曾	0.46	未嘗	0.08
否	0.35	否	0.35						
罔	0.11	罔	0.11						
休	5.11	休	3.66	休要	1.00	休得	0.45		

莫	0.53	莫	0.43	莫要	0.10				
勿	0.78	勿	0.67	勿得	0.11				
毋	0.09			毋得	0.09				

1.2 否定的對象

《水》中否定詞否定的對象，大致可以分爲六類。a、對動作的否定，占總次數的 42.32%；b、對性狀的否定，占總次數的 6.11%；c、對存有的否定，占總次數的 17.36%；d、對判斷的否定，占總次數的 3.53%；e、對動作的能可性或情理性的否定，占總次數的 22.24%；f、對動作、行爲作勸禁性的否定，占總次數的 8.44%。

1.3 否定的角度

否定詞可以從靜態和動態兩個角度進行否定。靜態否定是從靜止的角度對事情作單純的否定，動態否定是從事變的角度對事情完成態和經驗態作否定。《水》中，前述六類對象都有靜態否定，而動態否定衹用於 a、b、c、e 四類，不用於 d、f 兩類。在總次數中，靜態否定占 90.07%，動態否定衹占 9.93%。

1.4 否定詞的詞類

根據語法功能，《水》中否定詞可以分成四個詞類。

a、副詞：有 18 詞（除「非是」、「無有」、「沒」、「沒有」、「未有」、「否」外各詞），占總次數的 73.31%。

b、動詞：有 8 詞（「無」、「無有」「沒」、「沒有」、「未有」、「非」、「非是」、「不」），占總次數的 17.23%。

c、代詞：有 4 詞（「否」、「無」、「無有」、「莫」），占總次數的 0.71%。

d、助詞：有 1 詞（「不」），占總次數的 8.75%。

24 個否定詞中，有 19 個只有一個詞類，其他 5 詞則有 2～3 個詞類。

需要指出的是，有些表動態否定的否定詞（「不曾」、「未」、「未曾」等），還不能算是助動詞，因爲：①一般都是後面跟上被否定的動詞或助動詞；②少數在省略式正反選擇問句中充當反項，其後被否定的動詞應視爲省略；③都不能單獨充當答語。故此，本文仍然把這些否定詞看作副詞。

二、使用情況

2.1 各用途使用否定詞的情況

2.1.1 對動作的否定

a、靜態否定

對動作的靜態否定是指不進行某種動作、行爲，否定詞相當於現代漢語的「不」。靜態否定共使用 7 個否定詞，絕大多數（94.56%）是用「不」，其他「非」、「無」、「否」、「休」、「罔」、「勿」6 詞都用得極少。

不：副詞，它所否定的動詞，單音節雙音節不論，帶賓語不帶賓語都可以，最爲靈活。

紅旗不見了。418

莫說三個上車，再多些也不計較。708

我不結果了你，不姓唐。347

「不」也可以否定後面的介動結構：

你也這般纏，全不替我分憂！174

非：副詞，它所否定的動詞限於單音節，而且動詞後面必帶賓語：

不還你，我自送還保正，非干你事。162

無、休、勿、罔：副詞。「無」、「休」後面的動詞不帶賓語，「罔」後面的動詞必帶賓語，「勿」後面的動詞可帶賓語，也可不帶賓語。

明白立紙休書，任從改嫁，並無爭執。97

話休絮繁，自此王進子母二人在太公莊上服藥。19

驚得洪太尉眼睜口呆，罔知所措。9

南兵投降者，勿知其數。1373

姦夫淫婦，雖該重罪。已死勿論。334

否：代詞，用於正反選擇問句中，充當其中的反項，也就是代替了正項的否定式。因此，它既代替了否定副詞，也代替了動詞。

還識俺陣否？1060

「非」、「無」、「休」、「勿」、「罔」均可換用爲「不」，但是「非」與「無」、

「休」、「勿」、「罔」之間卻不能相互換用。

b、動態否定

對動作的動態否定是指沒有進行過某種動作、行爲。動態否定共使用 7 個否定詞，以「不曾」、「不」爲主（74.28%），「未」次之（17.54%），其他「未曾」、「無」、「未嘗」、「否」4 詞都用得很少或極少。

不、不曾、無、否：這四詞都是一般地否定過去一段時期進行某種動作、行爲，相當於現代漢語的「沒有」。

不、不曾：副詞，兩者似爲相輔相成的關係，有大致的分工。「不」後面基本上是獨個單音節動詞，「不曾」後面則基本上是雙音節動詞或多音節的動賓詞組。「不曾」的適用範圍要比「不」大些。

宋江其夜在帳中納悶，一夜不睡，坐而待旦。611

兵不血刃，百姓秋毫無犯。1153

二人父母俱亡，不曾嫁娶。613

喬道清在眾將面前誇了口，況且自來做法，不曾遇著對手，今被宋兵追迫，十分羞怒。1145

無：副詞，後面全跟單音節動詞，並且動詞不帶賓語。

宋江等……所過秋毫無犯。1230

否：代詞，用於正反選擇問句中，充當反項。

不知近日尊府太師恩相曾使人來否？482

未、未曾、未嘗：副詞。這三個詞都是除一般地表示過去沒有進行過某種動作、行爲外，還著眼於說話的當時，仍然如此，相當於現代漢語的「（還）沒有」。

未、未曾：和「不」、「不曾」一樣，兩者也似爲相輔相成的關係，但略有些不同：「未」後面基本上跟獨個的單音節動詞或多音節詞組，「未曾」後面則基本上跟雙音節動詞或雙音節詞組。這樣，「未」的使用範圍遠比「未曾」大。

你這廝口邊奶腥未退，頭上胎髮猶存。595

你那兩個新參教頭，還未見花知寨的武藝。407

祇有梁山泊晁天王靈位，未曾安厝；亦有各家老人親眷，未曾發送還鄉；所有城垣，未曾拆毀；戰船亦未曾將來。1013

紙也未曾燒，如何敢開艙？471

未嘗：強調「到現在一直如此」，否定語氣更強。

臣自得蒙娘娘賜予天書，未嘗輕慢洩漏於人。1078

2.1.2 對性質的否定

a、靜態否定

對性狀的靜態否定，是指事物不具有某種性質或狀態，否定詞相當於現代漢語的「不」。《水》中對性質的靜態否定共使用了 3 個否定詞：「不」占壓倒優勢（96.51%），「非」、「否」用得極少。

不：副詞，被否定的形容詞，音節不限。

府前人見林沖面色不好，誰敢問他！91

那跟的也不長大，紫棠色面皮。118

非：副詞，祇否定單音節形容詞。

你攪得眾僧卷堂而走，這個罪業非小。50

否：代詞，用於正反選擇問句中，代替正項形容詞的否定式。

將軍此遊得意否？1123

b、動態否定

對性狀的動態否定，是指事物還沒有具備某種性質或狀態，否定詞相當於現代漢語「（還）不」。《水》中對性狀的動態否定祇用副詞「未」。

但恐衣甲未全，祇怕誤了日期，取罪不便。689

2.1.3 對存有的否定

a、靜態否定

否定詞相當於現代漢語的「沒有」。《水》中對存有的靜態否定共使用 7 詞：以「無」使用得最多（62.63%），「沒」次之（33.37%），其他「無有」、「沒有」、「非」、「莫」、「否」5 詞都用得很少或極少。

無、無有：「無」基本上（98.52%）作動詞，個別作代詞「無有」既可作動詞，也可作代詞，使用率大致相當。作動詞，相當於現代漢語的「沒有」「無」

後帶賓語活不帶賓語，比較隨意，「無有」後面則必帶賓語。

官人今日見一文也無，提甚三五兩銀子，正是教俺「望梅止渴，畫餅充饑」。641

若無了御賜的馬，卻怎的是好？717

將著刀復看了一遭，衹恐還有大蟲，已無有蹤跡。542

作代詞，可以代人，也可以代事物，表示「沒有人（物）」。「無」必與「不」構成「無不……」式，「無有」則多數跟「不」構成「無有不……」式，少數不跟。

東京百姓看了，無不喝采。974

今有晁兄，仗義疏財，智勇足備，方今天下人聞其名，無有不伏。228

沒、沒有：都衹作動詞。「沒有」後面的賓語衹是雙音節或多音節，「沒」則比較自由。

若是硬向我要時，一文也沒！343

這裡喚做斷頭溝，沒路了。218

小人這裡衹賣羊肉，卻沒牛肉。470

智深好生無禮，全沒些出家人體面。51

神道的香火也一些沒有，那討半滴酒來？1116

這店裡沒有廟祝，殿門不關，莫不有歹人在裡面麼？154

偌大一個少華山，恁地廣闊，不信沒有個獐兒兔兒！23

非：動詞，衹見於「非・賓・不・動」格式裡。

賊居水泊，非船不行。953

莫：代詞，表示「沒有人」。

宋先鋒是朝廷良將，殺韃子，擒田虎，到處莫敢攖其鋒。1257

否：代詞，用於正反選擇問句，充當其中的反項。

軍師有計破混天陣否？1079

b、動態否定

《水》中對存有的動態否定使用了 2 詞：基本上（94.29%）用「不」，少數用「未有」。

不：動詞，表示還沒有達到某種情況，便出現某種動作、行爲，後面跟數量名詞組作賓語。「不」相當於現代漢語的「（還）沒有」。

楊志取路，不數日，來到東京。130

二將交馬，鬥不數合，那鄭彪如何敵得關勝住，祇辦得架隔遮攔，左右躲閃。1370

這類「不」，有人也認爲是後面省略了動詞，是副詞。但是，這種現象出現比較多，已形成了「不」的一種語法功能，還是把「不」看作動詞較妥。

未有：動詞，表示說話當時還沒有某種事物或情況。這類「未有」相當於現代漢語的「（還）沒有」。

兩個公人帶入林子來，正是東方漸明，未有人行。784

2.1.4 對判斷的否定

《水》中對判斷的否定使用了 3 個否定詞：以「不」爲主（82.40%），其他「非是」、「非」都用得很少。這些都祇有靜態否定。

不：副詞，否定動詞「是」。

這裡不是正路。418

非、非是：動詞。「非」在先秦一般祇作否定副詞，因爲那時判斷句中沒有眞正的係詞。出現係詞「是」後，「非」可以與「是」並用，這時的「非」可以認爲是一個否定性的係詞。至於「非是」結構與「沒有」相同，也可認爲是否定性係詞。

小人們人非草木，豈不省的？199

師父非是凡人，正是眞羅漢身體。86

2.1.5 對動作的能可性或情理性的否定

a、靜態否定

《水》中對動作的能可性或情理性的靜態否定使用了 3 個否定詞，基本上是「不」（99.14%），其他「否」、「莫」2 個用得極少。

不：可作副詞和助詞。作副詞，絕大多數放在助動詞前面，表示對動作的能可、需要、意志等的否定。

祇恨雲程相隔，不能夠相見。348

哥哥，萬分不得相見了。1163

戒刀已說了，不用分付，小人自用十分好鐵打造在此。55

小人見了，不合去勸他，他便走了。256

今次群賊，必不敢再來。696

如今泊子裡新有一夥強人佔了，不容打魚。170

我若說在梁山泊落草，娘定不肯去。538

洒家心已成灰，不願爲官。1392

少數直接放在動詞前面，表示對動作的可能性的否定，相當於現代漢語的「不能」。

是夜重霧，咫尺不辨。1153

你們挑撥姦夫，踢了我心，至今求生不生，求死不死，你們卻自去快活。310

作助詞，放在動得式、動結式或動趨式的兩部分之間，表示「不可能」。

我這裡決然安你不得了。60

你若使不動時，祇吃我一頓脖子拳了去。678

宋江初時也胡說亂語，次後吃拷不過。485

一時間愚迷了佛性禪心，拴不定心猿意馬。566

晉寧急切攻打不下。1153

口裡又似啞了的，喊不出來。1215

否：代詞，用於正反選擇問句中，代替反項。

不知兄弟還肯容否？500

莫：副詞，同「不」，修飾助動詞或動詞。

四下裡都是深港，非船莫能進。1319

風旗錯雜，難分赤白青黃；兵器交加，莫辨槍刀劍戟。1316

b、動態否定

《水》中對動作的能可性或情理性的動態否定，祇使用 1 個否定詞「未」。

「未」，副詞，放在助動詞前面，大部分表示「(還) 沒有」：

盧某得蒙救命上山，未能報效，今願盡命向前，未知尊意若何？844

卻怕我這村裡路雜，未敢入來，現今駐紮在外面。600

一部分表示「(還) 不」：

兄長，此間不是說話處，未敢下拜。464

2.1.6 對動作、行為作勸禁性的否定

這類祇用於祈使句或命令句，表示勸阻或禁止進行某種動作、行爲。《水》中這類否定共使用了 10 個否定詞，以「休」用得最多（41.21%），「不要」次之（23.10%），其他「休要」、「勿」、「休得」、「莫」、「不得」、「勿得」、「莫要」、「毋得」8 詞都用得很少或極少。據態度和語氣，可以分爲勸阻式和禁止式。

a、勸阻式

勸阻式表示提醒或勸告不要進行某種動作、行爲，一般態度懇切，語氣和緩，使用祈使句。用於勸阻式的否定詞有「休」、「休要」、「休得」、「不要」、「莫」、「莫要」、「勿」、「勿得」8 個。

娘呀，休信他放屁。539

大哥，我的言語，休要忘了。289

劉高差你來，休要替他出色。407

你不要性發，且聽女兒款住他，休得「打草驚蛇」，吃他走了。858

你兩個前程萬裡，休得煩惱。262

半夜三更，莫去敲門打户，激惱村坊。653

莫爲林沖誤了賢妻。98

阿嫂休怪，莫要笑話。88

好漢莫要恁地。668

吾有四句天言，汝當記取，終身佩受，勿忘勿泄。526

主將請休煩惱，勿傷貴體。1312

你的老母，我自使人早晚看視，勿得憂念。677

b、禁止式

禁止式一般是警告、命令不要進行某種動作，行爲，語氣比較鄭重、嚴厲，使用命令句。用於禁止式的有「休」、「休要」、「休得」、「不要」、「不得」、「勿得」、「毋得」7 詞。

魯智深圓睁怪眼，大喝一聲，「撮鳥休走！」196

你兩個撮鳥，休生歹心。106

宋江早傳下號令：休要害一個百姓，休傷一個寨兵。425

傳與你的那個鳥宮人，教他休要討死！226

休得胡鳥說！270

先傳下將令，休得傷害百姓。684

大喝一聲：「都不要走！」78

不要走了童貫！948

盧俊義傳令，不得殺害百姓。1190

霸州城子，已屬天朝，汝等勿得再來爭執。1047

每名軍士酒一瓶，肉一斤，對眾關支，毋得克減。1014

2.2 各否定詞的使用情況

2.2.1 從靜態否定和動態否定的角度來看，有三點：

a、全部用於靜態否定的有 16 詞：「不要」、「不得」、「非」、「非是」、「休」、「休要」、「休得」、「莫」、「莫要」、「勿」、「勿得」、「毋得」、「無有」、「罔」、「沒」、「沒有」。

b、幾乎全部用於靜態否定，祇有個別用於動態否定的有 3 詞：「不」、「無」、「否」。

c、全部用於動態否定的有 5 詞：「未」、「未有」、「未曾」、「未嘗」、「不曾」。

這些說明《水》中否定詞在靜態否定和動態否定方面的分工是相當明確的。

2.2.2 從用途來看，有三點：

a、祇有一種用途的共有 16 詞：「不曾」、「未曾」、「未嘗」祇用於對動作的動態否定；「罔」祇用於對動作的靜態否定；「無有」、「沒」、「沒有」

祇用於對存有的靜態否定；「非是」祇用於對判斷的否定；「不要」、「不得」、「休要」、「休得」、「莫要」、「勿得」、「毋得」祇用於對動作、行爲的勸禁性否定；「未有」祇用於對存有的動態否定。

b、雖有兩種或三種用途，但幾乎祇集中在其中的一種用途上的有 3 詞：「休」、「勿」除個別用於對動作的靜態否定外，都用於勸禁性否定；「無」除個別用於對動作的靜態否定和動態否定外，都用於對存有的靜態否定。

c、雖有三種以上用途，但以其中一種或兩種爲主的有 5 詞：「未」以對動作的動態否定爲主，以對能可性的否定和對性狀的動態否定爲次；「莫」以勸禁性否定爲主，以對能可性的否定和對存有的靜態否定爲次；「非」以對動作的靜態否定和對判斷的否定爲主，以對性狀的靜態否定和對存有的靜態否定爲次；「否」以對動作的靜態否定和對能可性的靜態否定爲主，以對動作的靜態否定、對性狀的靜態否定和對存有的靜態否定爲次；「不」以對動作的靜態否定和對能可性的靜態否定爲主，以對性狀的靜態否定、對判斷的否定、對動作的動態否定和對存有的動態否定爲次。

這些說明眾多的否定詞中，絕大部分是用途單純，少數是比較單純的。

三、時代層次

《水》中眾多的否定詞，根據歷史上出現的早晚和使用情況，大致可以分成古語詞、近代詞和亞古代詞三個不同的歷史層次。

3.1 古語詞

有「勿」、「勿得」、「毋得」、「罔」4 詞。這些詞都以詞或詞組的身份廣泛地使用於上古漢語；使用頻率極低，祇占否定詞出現總次數的 0.98%；在各個用途中占的百分比也很小或極小，「勿」、「勿得」、「毋得」祇占勸禁式否定總次數的 9.80%，「罔」祇占對動作的靜態否定總次數的 0.32%；一般都祇出現在文言句式中。

3.2 近代詞

有「不」、「不曾」、「不要」、「不得」、「休」、「休要」、「休得」、「莫」、「莫要」、「無」、「無有」、「沒」、「沒有」、「未」、「未有」、「未曾」、「未嘗」等 17 詞，占否定詞總次數的 96.66%。

不、不要、不得、不曾：「不」，儘管歷史悠久，但生命力極強，用途廣，使用頻率極高，竟占否定詞總次數的 66.46%，爲其他 23 個否定詞總次數的二倍；在今天，「不」仍然是一個最主要的否定詞，「不要」今天也常用，「不得」今天也退居於書面語。「不曾」在今天也偶而用作書面詞，但在《水》中，卻是動態否定的一個主要的否定詞，占動作的動態否定總次數的 41.82%。

莫、莫要：「莫」雖然在先秦也廣泛地使用，但一般衹作否定代詞；作爲否定副詞，表勸禁式否定，則歷史較晚，始於漢而盛於唐宋。在《水》的勸禁式否定總次數中，「莫」、「莫要」占的比例雖不算很大，但都用於白話語句中，仍然應該認爲是口語詞。在今天，普通話中一般已不再使用，但是在不少的方言中仍然相當活躍。

休、休要、休得：「休」作爲勸禁性否定副詞，歷史更短，是典型的近代漢語的口語詞。在勸禁式否定的總次數中，這三個詞占 58.46%。在今天，這三個詞在口語中已經很少使用。

無、無有：上古漢語中即已廣泛使用，歷史悠久，但生命力相當強。在《水》中，使用率仍然很高，在對存有的否定的總次數中，這兩個詞占 64.90%，超過了「沒」、「沒有」。所以，從使用率來看，這兩個詞仍然是口詞語。在今天的口語中已經不再使用，「無」至多用於書面語，「無有」連書面語也不再使用了。

沒、沒有：是近代才產生的否定詞。這兩個詞的使用率在《水》中還比不上「無」和「無有」，在對存有的否定的總次數中占 34.67%，但它們是前途無量的否定詞。

未、未有、未嘗、未曾：在上古漢語中即已以詞或詞組的身份廣泛使用，歷史悠久。但在《水》中，使用率仍然很高，在對動作的動態否定的總次數中，占 25.53%；在用法上，它們與其他動態否定詞有所分工。因此，這些詞也是口語詞。在今天，這些詞在口語中已極少使用，已經退居爲書面語詞了。

3.3 亞古代詞

有「非」、「非是」、「否」三詞，占否定詞出現總次數的 2.36%。這些詞的特點有三：

a、和古語詞一樣，在上古漢語中即已廣泛使用，歷史悠久。

b、儘管使用率比較低（但比古語詞要高得多），但在某些方面還比較活躍：在對判斷的否定的總次數中，「非」和「非是」仍占 17.60%；「否」的語法功能還不能用「沒」或「沒有」來代替。

c、既用於文言語句，又用於白話語句。

這些書面詞中，「非」、「否」在今天一般還可作書面詞，「非是」已經不再使用。

四、簡短的結論

4.1 《水》的否定詞系統中，口語詞占絕對的壓倒優勢。剔除古語詞，參考亞古代詞，我們完全可以從《水》中接近完整地看到近代漢語否定詞的面貌。

4.2 《水》中有一個相當龐大的口語的否定詞系統。

4.3 在這個龐大的否定詞系統中，各系各詞都有大體明確的分工，從不同的方面和不同的角度共同完成否定的任務。

4.4 《水》的否定詞口語詞中，同一用途往往有兩個或多個否定詞並用，這些並用的詞有著不同的歷史層次：有的歷史悠久而始終具有強大生命力，成爲各個時期的口語詞（如「不」系和「未」系各詞）；有的歷史悠久或比較悠久的與歷史較短或很短的並存，而前者仍然勝於後者（如表示對存有否定的「無」系各詞對「沒」系各詞，表示勸禁性否定的「莫」系各詞對「休」系各詞等）。這種並存，和近代漢語其他各種並存現象一樣，是漢語從古代向現代發展過程中不可避免的現象，正是反映了近代漢語的過渡特點。這正是否定詞系統龐大的主要原因。

4.5 這種種並存，終究於交際不夠理想，所以在《水》以後漫長的發展過程中，保留和加強生命力特強的詞，通過調整和歸併，終於逐步形成了以「不」和「沒有」爲主體的現代漢語否定詞系統。

（原載《安慶師範學院學報（社會科學版）》1987 年第 3 期）

通過語言比較來看《古本水滸傳》的作者

河北人民出版社 1985 年出版了署名爲施耐庵著的一百二十回本《古本水滸傳》（以下簡稱《古本》）。關於《古本》的作者，該書的校勘者認爲是施耐庵一人。他在該書的「前言」中作了論述：「將後五十回與前七十回對比分析，可以發現，前後的情節結構連貫吻合，佈局前後呼應，形成了一個嚴密的統一體；……前後所反映出來的世界觀一致；藝術風格一致；特別是語言的時代特徵、地方特徵、個性特徵也一致。」「在對它（指後五十回——引者）仔細研究後，我認爲，它與前七十回的作者爲同一人。」對此，「水滸」研究者紛紛提出異議，他們就文學角度從情節、佈局、世界觀、藝術風格等方面進行認眞細緻的分析與比較，指出《古本》前七十回和後五十回有著明顯的差別，認爲後五十回不是出自施耐庵之手，所謂《古本》純係極不高明的僞作。這種結論是可靠的，令人信服的。

筆者以爲，從語言角度進行分析和比較，也是解決《古本》作者和《古本》眞僞問題的一條重要途徑。從上面所引的「前言」中可以看出，《古本》校勘者也是非常重視這一點的，在「語言」之前特意加上了「特別是」。我們認爲，如果《古本》前七十回和後五十回的語言眞的如校勘者所說的「一致」，自然有可能認爲作者是同一人；如果不一致，在某些語言事實（詞、語法、乃至所用的字）方面有差別，特別是某些重要的語言事實有明顯差別，這就很難說作者同爲一人。因爲任何高明的模仿者，要想使後五十回和前七十回在語言上保持完全一致而不出現時代、地域、習慣等方面的任何差別，這是絕對不可能的。當然，一個作者在同一部作品中前後有時也會有些差別，但它與模仿者出現的差別在量和質上是不同的，衹要我們認眞地分析，是完全可以分辨出來的。筆者對《古本》的前七十回和後五十回兩部分所使用的語言作了初步的考察，通過分析和比較，發現兩部分語言並非一致，而是有不少重要的語言事實存在明顯的差別：

（一）否定副詞「沒」「沒有」、「沒曾」全部出現在後五十回，不見於前七十回。

元代衹有「沒」，明初才出現「沒有」，那時都不作副詞，衹作動詞，表示對存有的否定，《古本》前七十回完全反映了這一點：

> 這裡喚做斷頭溝，沒路了。（十八回 186 頁）／這殿裡又沒有廟祝，殿門不關，莫不有歹人在裡面麼？（十二回 131 頁）

而在後五十回中，「沒」「沒有」除用作否定動詞外，還比較多地（達六十多次）用作否定副詞，表示對動作或狀態已經發生的否定，時間可以指過去，也可以指從過去一直到現在：

> 林沖此番大捷而回，沒多損傷人馬，宋江、吳用也自歡喜。（八十一回 76 頁）／俺見這廝在門旗底下，衹沒有看清面目。（一〇八回 274 頁）／今日還沒吃東西，肚裡正鬧饑荒。（八三回 89 頁）／不知何故，等到此刻還沒有來。（九十二回 151 頁）

「沒」與所否定的動詞之間，還可以插入其他成分：

> 忽覺有物絆在腳下，黑暗中疾忙用力一跳，沒被絆倒。（七十三回 14 頁）／好在這些話，還沒對第二人說起。（九十九回 207 頁）

「沒有」還可用於省略式的正反選擇問句中充當反項（後面省略動詞）：

> 不敢拜問道人，大名有個段孔目，此人死了沒有？（一〇九回 277 頁）

後五十回中「沒」「沒有」用作否定副詞的現象是在晚於施耐庵年代的晚明清初才出現。

至於否定副詞「沒曾」，從來不見於任何文學作品，也不見於古今方言，在前七十回中也沒有出現，而在後五十回中卻出現了三十多次：

你們沒曾說起，這個不算。（八十六回 112 頁）／前日張清、李逵各去劫寨，沒曾占得便宜。（七十七回 48 頁）

很明顯，後五十回中的「沒曾」，純係杜撰。

上述「沒」「沒有」「沒曾」的用法，在前七十回中祇用「不曾」「未」「未曾」表示：

關某自從上山，從不曾出得半分氣力。（六十六回 324 頁）／未見二位較量，怎便是輸了？（八回 97 頁）／紙也未曾燒，如何敢開艙？（三十七回 18 頁）

當然，在後五十回中也使用了這些詞，但同時又使用了上述「沒」「沒有」「沒曾」，這正露出了後五十回與前七十回的不協調。

（二）動詞「給」和介詞「給」，全部出現在後五十回，而前七十回沒有。

元代和明初的作品中，都沒有出現動詞「給」和介詞「給」，《古本》前七十回也是這樣，而後五十回中竟出現了近八十次，其中 46%作動詞，54%作介詞。

動詞「給」，表示交付、送與：

俺今便給你五十兩銀子，千萬不要告訴李公知道。（九十九回 207 頁）／婆婆總照數給他，不曾回絕過。（九十四回 171 頁）／若少了一滴酒，便不給錢。（一百一十四回 311 頁）

前七十回中，表示交付、送與，祇用「與」：

難得官人與老身緞匹。（二十三回 255 頁）／當下除了行枷，便與了迴文，兩個公人相辭了自回。（五十回 166 頁）

後五十回中，在用「給」的同時，也用「與」，但很少，「與」僅及「給」的七分之一。

介詞「給」，放在動詞後面，引進交付、送與的接受者：

飛石子朋友，這兩個腦袋交給你罷。（七十七回 45 頁）／婆婆拭乾眼淚，才將那事從頭細說，都告訴給阮小七。（九十五回 178 頁）／宋江收兵回營，叫李逵上來，交還給他雙斧。（一百〇七回 266 頁）

前七十回中，表示這種意義也不用「給」，祇用「與」：

五十兩蒜條金在此，送與節級。（六十一回 277 頁）／張都監卻再使人送金帛來與知府，就説與此事。（二十九回 313 頁）

後五十回中，在用「給」的同時，也用「與」，但「與」僅及「給」的三分之一。

後五十回中的動詞「給」和介詞「給」，出現於清代的早期現代漢語中，與施耐庵的時代不一致。

（三）被動句式中，前七十回使用介詞和助詞「被」「吃」，後五十回不但用「被」「吃」，而且還用「給」。

表示被動，前七十回和後五十回都使用口語詞「被」「吃」。「被」「吃」可以是介詞，也可以是助詞。但是後五十回還使用了介詞「給」和助詞「給」：

獨有鐵牛沒甚親友，娘給老虎吃了。（七十八回 56 頁）／穆弘説的口快，旁人待要阻止，卻已不及説，話給全部説出來。（九十四回 168 頁）

後五十回的這類「給」，和上面提及的動詞「給」與介詞「給」一樣，也是早期現代漢語的產物，與施耐庵時代不一致。

（四）關於人稱代詞「我」和「俺」，前七十回以「我」爲主，後五十回則基本上用「俺」。

《古本》第一人稱代詞的口語詞有「我」（包括「我們」）和「俺」（包括「俺們」）兩個，其中「我」是共同語，「俺」是方言詞。

我是罪囚，恐怕沾辱你夫妻兩個。（九回 101 頁）／一定直抱到我們的下處去了。（五十回 169 頁）／一個不走的，吃俺二十棍。（十五回 156 頁）／俺們如今不在二龍山了。（五十七回 239 頁）

我不是這裡出身。（一百一十一回 239 頁）／我們大事已了，還是快走！（八十五回 106 頁）／到底是俺好哥哥，教俺打頭陣。（一百一十二回 295 頁）／俺們從石碣村到此。（九十五回 178 頁）

儘管前七十回和後五十回都有「我」和「俺」，但「我」和「俺」在這兩部分中的使用頻率相差太大，前七十回以「我」爲主，以「俺」爲次；後五十回則以「俺」爲主，以「我」爲次，兩者百分比的降升幅度高達 73%。同一部書中，前半部同後半部在基本詞彙方面，共同語和方言的差別竟然如此之大，怎麼能說全書是同一作者呢？

（五）疑問代詞「兀誰」，衹出現在前七十回，不見於後五十回。

高本漢在比較一百二十回《水滸》（即現行的《水滸全傳》）的前七十回和後五十回的語言時，指出：「在《水滸傳》（6）（即指後五十回——筆者）根本沒有出現代詞『兀誰』」（見《國外語言學》1980 年第六期）。在《古本》中，也出現了這種情況：後五十回沒有出現疑問代詞「兀誰」，而前七十回出現了多次：

> 兀誰教大官人打這屋簷邊過？（二十三回 247 頁）／你說兀誰弟兄兩個？（三十六回 8 頁）／我博兀誰？（三十七回 15 頁）／這廝報仇兀誰？（三十八回 27 頁）／你道他是兀誰？（三十六回 8 頁）

（六）指示代詞「恁般」衹出現在後五十回，不見於前七十回。

蘇聯佐格拉夫在談到《水滸傳》前七十回與後五十回的語言差別時指出：「我們還可以補充一點，在九十至一百〇九回中使用了《水滸傳》〔A〕（即指前七十回——筆者）中所沒有的代謂詞『恁般』和〔A〕中罕見的疑問代謂詞『怎麼』」（《國外語言學》1980 年第 6 期，第 22 頁）。《古本》也是這樣，指示代詞「恁般」在前七十回中沒有出現，在後五十回中出現了二十幾次，主要作狀語，也作定語：

> 你是老僕韓忠麼，緣何恁般狼狽？（七十八回 56 頁）／你們恁般膽大。（一百一十一回 289 頁）／恁般說時，宋江只得有此占馬了。（七十一回 2 頁）／俺看恁般排場，不是娶親，便是做壽。（一百回 210 頁）／恁般惡奴，便不打他，也須押往州衙裡，治他一個罪名。（七十九回 61 頁）

和《水滸全傳》一樣，《古本》中的「恁般」、「兀誰」都不見於前七十回而衹出現在後五十回；《水滸全傳》一致公認爲施耐庵、羅貫中所作，《古本》恐怕也不好說僅僅一個作者罷。

（七）近指代詞「衹」，僅出現在後五十回，不見於前七一十回。

《古本》有眾多的近指代詞，其中「祇」在前七十回沒有出現，而在後五十回則出現了三十幾次。絕大多數作主語，並且後面跟「也」，整個句子呈感歎語氣：

祇也何難，俺拿他兩個羽黨在此，一問便知端的。（一百一十五回 318 頁）／今日聞達力敵七將，全無懼色，只也少見！（一百〇三回 236 頁）／祇也活該，包裹中銀子雖有，卻買不到東西吃。（一百回 209 頁）

這類「祇」，有時也用「這」：

這也容易，祇須如此如此，管教他來時有路，去時無門。（九十六回 187 頁）

「祇」還可以作定語：

若近三更，老漢便沒膽子告說祇些話。（一百回 212 頁）／祇一下好險，倘使手腳慢得半點，準被呂振打於馬下。（九十七回 193 頁）

「祇」還可以與「裡」結合成「祇裡」：

嘍羅自去，祇裡另有人看守。（七十四回 21 頁）

近代漢語中的近指代詞，早期用「者」「遮」等，後來統一爲「這」，沒有見到過「只」。這裡，《古本》的作僞是很明顯的。

（八）疑問詞語「做甚麼」，祇出現在前七十回，不見於後五十回。

《古本》前七十回，疑問句中使用了六十多次「做甚麼」，表示詢問動作行爲的原因、目的或表示反問，絕大多數放在句子末尾：

你這貧婆，哭做甚麼？（六十八回 345 頁）／朱都頭，你祇管追我做甚麼？（十七回 181 頁）／叫我做甚麼？我又不少你酒錢，喚我怎地？（二十二回 230 頁）你情知是我，假做甚麼？（二十回 213 頁）

少數放在動詞前面：

你們做甚麼鳥亂？（六回 75 頁）／老豬狗，你昨日做甚麼便打我！（二十四回 263 頁）

少數句子也用「則甚」或「做甚」，不過僅限於句子末尾：

況兼如今世上，都是那大頭巾弄得歹了，哥哥管他則甚？（三十一回 339 頁）／既有柴大官人的書劄，煩惱做甚？（八回 99 頁）

後五十回不用「做甚麼」，衹有極個別的用「則甚」，也衹限於句子末尾：

今夜因叔叔睡在廚下，怕驚醒他，誤了他明天衙門裡畫卯，衹得放輕手腳，做得慢了些，你又嘮叨則甚？（七十二回 10 頁）

（九）正反選擇問句，前七十回全部使用否定詞，後五十回則使用否定詞與使用助詞「可」並重。

正反選擇問句中使用否定詞，前七十回和後五十回有明顯的差別。前七十回中，否定詞有「不」「否」「無」「沒」「未」，以「不」爲主，占 44%，以「否」爲次，占 37%。否定詞以前面帶關係詞「也」的爲主，不帶關係詞爲次。帶關係詞的否定詞有幾乎全部（94%）的「不」和所有的「無」、「未」：

連連寫了十數封書去貴莊問信，不知曾到也不？（三十二回 341 頁）／不知在家也不在？（十四回 142 頁）／你有孕也無？（四十四回 107 頁）／了也未？（二十四回 266 頁）

不帶關係詞的有全部的「否」、「沒」和個別的「不」：

你知法度否？（六回 83 頁）／未知眾位肯否？（四十回 60 頁）／注子裡有酒沒？（二十三回 258 頁）／你認得不？（四十五回 113 頁）

後五十回使用的否定詞 90%是「否」，衹有少數的「不」「沒有」「未」。「否」的用法除一部分與前七十回相同外，還有一部分與前七十回不同，表示現在：

a、「否」前可帶關係詞「也」：

問道敢去也否？（七十八回 50～51 頁）／你看快活也否？（八十三回 89 頁）／師父吃葷也否？（八十二回 85 頁）

b、「否」可以不放在句子的末尾：

曾否探聽此人是何出身？（七十五回 33 頁）／每日裡向秋兒探

問能否成事？（七十九回 59 頁）／見今是否來此？（八十八回 126 頁）

這些「也否」「曾否」「能否」「是否」的用法是不見於元明其他文學作品的。

「沒有」則是前七十回所不見的：

此人死了沒有？（一百〇九回 277 頁）

「不」不用於省略式，且前面不帶關係詞「也」：

你道氣惱不氣惱？（九十回 140 頁）／那日搶你女兒的是不是這位師父？（一百一十三回 308 頁）

「沒有」、「不」的這些用法，都是早期現代漢語才出現的，時代離施耐庵很遠。

至於正反選擇問句中使用助詞「可」，前七十回沒有，後五十回卻很頻繁。它用在動詞、形容詞或其狀語之前，使用範圍很廣。

問他的屋子在那裏？可有親屬？（九十一回 144 頁）／公公可是李公？（九十九回 204 頁）／有個踢殺羊張保，他和俺有仇，可曾出頭生事？（九十八回 197 頁）／不知可能等待？（一百〇四回 242 頁）／今日的酒可好？（一百一十四回 312 頁）

（十）並列選擇問句，前七十回絕大多數使用關係詞，後五十回則基本上不用關係詞。

前七十回，88%的並列選擇問句要在選擇項之前使用關係詞。關係詞有「還是」「卻」「卻是」等，有的獨用，有的連用，有的套用：

你要死卻是要活？（二十五回 281 頁）／你們卻要長做夫妻，短做夫妻？（二十四回 264 頁）／你三個卻是要吃板刀麵？卻是要吃餛飩？（三十六回 6 頁）／還是要去縣裡請功，還是要村裡討賞？（四十二回 80 頁）／我等還是軟取，卻是硬取？（十五回 151 頁）

衹有 12%的並列選擇問句不用關係詞：

不知出去在家？（二十三回 249 頁）／這饅頭是人肉的？是狗肉的？（二十六回 286 頁）

後五十回則相反，90%的並列選擇問句不用關係詞：

畢竟誰強？誰弱？（一百〇四回 246 頁）／不知此兆是凶？是吉？（八十七回 118 頁）

衹有 10%的並列選擇問句使用關係詞，關係詞衹有「還是」一個，而且衹是獨用：

你這廝要死？還是要活？（八十四回 98 頁）

在並列選擇問句形式方面，前七十回反映了元明漢語的面貌，而後五十回已純屬現代漢語了。

（十一）並列連詞，前七十回有「和」「與」「並」「及」四個，後五十回衹有一個「和」。

《古本》前七十回中，用於並列項之間的連詞有四個，分「並－及」組和「和－與」組。前組基本上連接分主次的兩類或需要強調類別的兩類，後組則基本上連接平等的兩類。兩類可以是兩項，也可以是多項。

「和－與」組中，「和」是口語詞，「與」是書面詞：

叫老婆和妻舅都來拜了楊志。（十六回 163 頁）／原來武大與武松，是一母所生兩個。（二十三回 237 頁）／且說四個守山寨的頭領吳用、公孫勝、林沖、秦明和兩個新來的蕭讓、金大堅，已得朱貴、宋萬先回報知。（四十回 58 頁）／晁頭領與吳軍師放心不下。（四十一回 68 頁）

「並－及」組中，「並」是口語詞，「及」是書面詞：

林沖領了娘子並錦兒取路回家。（六回 78 頁）／中軍主帥宋公明、吳用，並朱仝、雷橫、戴宗、李逵、張橫、張順、楊雄、石秀十個頭領，部引馬步軍兵三千策應。（五十一回 177～178 頁）／其餘時分及單身客人，不許過岡。（二十二回 231 頁）／李逵卻來收拾親娘的兩腿及剩的骨殖。（四十二回 78 頁）

後五十回中，並列項之間一般不用連詞，如果用，也不用「並」「與」「及」，衹用「和」：

近前看時，卻是恒奇和數十個殘兵卒。（七十八回 54 頁）／但見虞候差撥，軍士、隨從和車馬夫役，共計三十七人。（八十五回

103 頁）／要喝鳥的湯和水！（七十三回 16 頁）／他就冒姓曾氏，佔了婦人和這所酒店。（一百〇五回 251 頁）

這種專用「和」來連接並列項的現象，時代竟比清代中葉的《紅樓夢》還要晚，離施耐庵更遠！

（十二）關於推理因果句的連詞，前七十回和後五十回各有比較明顯的特點。

《古本》中，推理因果句的連詞，情況比較複雜；但仔細觀察，仍然可以發現在下列四個方面前七十回和後五十回有明顯的不一致。

1、表原因的連詞和表結果的連詞的比例：

《古本》全書，推理因果句共使用了十九個連詞，其中表原因的連詞八個，表結果的連詞十一個，共出現 863 次。就全書而言，表原因的連詞和表結果的連詞使用頻率大致相等，前者稍高於後者；但分兩部分來看，前七十回表結果的連詞高於表原因的連詞，而後五十回則是表原因的連詞大大高於表結果的連詞，前者相當於後者的四倍。

2、表原因的連詞各詞的數量和比例：

《古本》表原因的連詞使用情況如表一。

表一

	因		因爲		因是		爲		爲因		爲是		爲的		緣		合計	
	次數	%	次數	%	次數	%	次數	%	次數	%	次數	%	次數	%	次數	%	次數	%
前七十回	157	54.9	21	7.3	4	1.4	48	16.8	27	9.4	22	7.7			7	2.5	286	100
後五十回	154	87	8	4.5			8	4.5	1	0.6			6	3.4			177	100
全書	311	67.1	29	6.3	4	0.9	56	12.1	28	6.0	22	4.8	6	1.3	7	1.5	463	100

從表一可以看出兩點：

a、全書八個表原因的連詞中，除「因」，「因爲」「爲」「爲因」四詞爲前七十回和後五十回共同使用外，前七十回還使用了後五十回沒有的「因是」、「爲是」、「緣」三詞，後五十回也使用了前七十回沒有的「爲的」：

因是宋公明生發背瘡，在寨中又調兵遣將，多忙少閑，不曾見得。（六十六回 326 頁）／爲是人少，不敢去迫。（五十一回 181 頁）

／小弟本欲陪侍兄長，奈緣我職役在身，不能夠閒步同往。（三十二回 343 頁）／小人爲的他們姦淫劫殺，無惡不作，幹的勾當太壞，不願附和，一口氣回絕了。（八十五回 100 頁）

b、前七十回和後五十回雖然都是「因」超過其他各詞的總次數，但超過的幅度差別極大：前七十回衹超過 9.8%，後五十回卻超過 72%。正因爲前七十回中「因」占的百分比遠不如後五十回大，所以，除「因」外，「爲因」、「因爲」、「爲是」、「爲」也用得比較多。

3、表結果的連詞的數量和比例：

《古本》中表結果的連詞使用情況如表二。

表二

	因此		因此上		因而		以此		致		以致		故		故而		故此		所以		爲此		合計	
	次數	%	次數	%	次數	%	次數	%	次數	%	次數	%	次數	%	次數	%	次數	%	次數	%	次數	%	次數	%
前七十回	241	67.2	10	2.9	8	2.2	73	20.4	8	2.2	8	2.2	7	2.2					2	0.6	1	0.3	358	100
後五十回	6	14.3			9	21.4	1	2.4	3	7.1			4	9.5	7	16.7	6	14.3	6	14.3			42	100
全書	247	61.7	10	2.5	17	4.3	74	18.5	11	2.7	8	2.0	11	2.7	7	1.8	6	1.5	8	2.0	1	0.3	400	100

從表二可以看出四點：

a、全書十一個表結果的連詞中，除「因此」「因而」「以此」「致」「故」「所以」六詞爲前七十回和後五十回共同使用外，前七十回還使用了後五十回沒有的「因此上」「以致」「爲此」三詞，後五十回也使用了前七十回沒有的「故而」「故此」二詞：

我見哥哥會吃素，鐵牛卻其實煩難，因此上瞞著哥哥試一試。（五十二回 184 頁）／想必其人是個眞男子，以致天下聞名。（五十七回 232 頁）／因他酒性不好，爲此不肯差人與他同去。（四十二回 71 頁）／俺見師兄也是出家人，故而相救。（八十三回 89 頁）／他和病人好生有點干係，故此同來。（一百〇四回 245 頁）

b、前七十回和後五十回表結果的連詞使用次數相差懸殊：前者三百五十八次，占 90%，後者只四十二次，占 10%，後者僅及前者的九分之一。

c、前七十回的九個表結果的連詞，重點突出，「因此」占 67.2%，其次爲

「以此」，占 20.4%；而後五十回的八個表結果的連詞中，沒有突出的重點詞，最高的「因而」也祇占 21.4%，其他「故而」「故此」「所以」「因此」幾詞都跟「因此」差得不多。

d、特別需要指出的是，全書二百四十七個「因此」中，前七十回二百四十一個，竟占 98%，而後五十回六個，祇占 2%。

4、表原因的連詞和表結果的連詞套用：

《古本》中，表原因的連詞和表結果的連詞套用的句子有四十八個，但分佈得極不平衡：前七十回有四十一句，占 85.4%，後五十回祇有七句，占 14.6%。

前七十回套用的格式有十八種：

因……致……（五十二回 187 頁）／因……爲此……（四十二回 71 頁）／因……以此……（九回 101 頁）因……因此……（十九回 202 頁）／因……因此上……（四十四回 98 頁）／因……因而……（二十六回 283～284 頁）／爲……因此……（四十三回 91 頁）／爲……以此……（六十九回 355 頁）／爲……致……（五十九回 260 頁）／因爲……以此……（四十三回 9 頁）／爲因……以此（五十六回 228 頁）／因爲……因此……（三十二回 341 頁）／爲是……以此……（十二回 127 頁）／爲是……因此……（四十二回 73 頁）／爲是……故……（五十二回 192 頁）／爲因……致……（三十五回 375 頁）／因……因而……以致……（二十六回 284 頁）／緣……因此……（十八回 192 頁）

後五十回套用格式僅四種：

因……因此……（七十二回 9 頁）／因……所以……（一百一十三回 306 頁）／因爲……故……（八十四回 99 頁）／因……故……故……（七十五回 32 頁）

上面這些差別說明，在推理因果句使用連詞方面，前七十回和後五十回的風格很不一致。

（十三）後五十回中「極」字有一些前七十回中沒有的特別的用法。

1、放在動詞後，其後不再跟其他助詞（如「了」等），作補語。動詞主要是單音節：

宿義心中恨極，舞動方天畫戟，直取花榮。（一百一十八回 345 頁）／李逵連聲叫罵，閻光聽得不耐，回了幾句話。李逵怒極，二人眞個動手就打。（八十九回 132 頁）／楊雄、石秀餓極，毫不客氣，拿來就吃。（一百回 211 頁）

少數爲雙音節，這時「極」前要加「已」：

李俊忿恨已極，那容他們逃走。（九十三回 166 頁）／富太公此時驚慌已極，沒了主張。（八十四回 97 頁）

2、放在某些形容詞後面，其後也不跟其他助詞，作補語：

此事奇極！（八十七回 121 頁）／好極！事不宜遲。（八十五回 102 頁）何也巧極，俺的朋友，就是這油籤子汪二。（九十回 142 頁）

3、放在某些單音節動詞前面，作狀語：

周謹衹一錘，正打中史進坐馬後股，那馬極叫一聲。（一百一十六回 326 頁）府尹急得連連極叫：「誰人快來救我。」（八十回 72 頁）

上面「極」字的一些用法，除置於雙音節動詞後面的外，不見於其他作品，應屬模仿者生造。

（十四）後五十回中，「由」字與「繇」字並用，以後者爲主，前七十回則衹用「由」字，不用「繇」字。

後五十回中，「由」「繇」二字共出現一百二十多次，其中「繇」字占 71%，「由」字占 29%。「繇」字使用範圍很大：

公孫勝又不繇自主，騰空而起。（八十七回 121 頁）／立撥一千人馬，兩員副將，繇小二、小五引領下山。（九十五回 181 頁）／武松、魯智深同見宋江，再告個備細因繇。（八十三回 91 頁）／阮兄弟不問情繇，便行動手。（一百〇一回 223 頁）／你卻何繇認得？（九十九回 203 頁）／且待訪得正兇下落，查出根繇。（一百〇四回 309 頁）／宋江把事繇說一遍。（八十八回 123 頁）／繇是官府益發嚴厲。（七十二回 9 頁）

「由」字使用範圍要小一些：

公孫勝不由自主了。(八十七回 120 頁) / 由你，俺但跟了你走。(七十二回 8 頁) / 李應住馬，就此告説原由。(七十五回 29 頁) / 久聞山東及時雨大名，無由相會。(八十九回 133 頁)

前七十回中，全部用「由」字：

不由他不火並。(十八回 191 頁) 請哥哥卻問嫂嫂緣由！(四十五回 114 頁) / 快招你的情由。(六十八回 344 頁) / 便問了備細來由。(六十六回 329 頁) / 哥哥何由得還在這裡？(六十二回 311 頁) / 我並不知因由。(十八回 146 頁)

後五十回那麼多「繇」，前七十回卻一個也沒有，要說出自一人之筆，是無法解釋的。

蘇聯佐格拉夫在其《古漢語：其形成和發展趨勢》一書的序言中談到：「高本漢第一個嘗試對中古漢語文學作品的語言進行比較研究，並得出結論：一百二十回《水滸》……的後五十回跟前七十回……不是同一個作者。」他接著列舉了八個語言根據(《國外語言學》，1980 年第 6 期，第 22 頁)。高本漢的這幾個語言事實作爲判斷一百二十回《水滸》(即現在通行的《水滸全傳》) 作者的根據是有說服力的，結論是符合實際情況的。

我們通過分析比較，列舉了上面所述的十四種《古本》前七十回和後五十回有差別的語言事實 (事實上還不止這些)。這些事實，有的是語法方面的，有的是詞語方面的，也有的是用字方面的，都是比較重要的。這些差別包含了各種色彩：有的帶有時代色彩 (如「給」「沒」「沒有」等)，有的帶有地域 (方言) 色彩 (如「俺」「兀誰」等)，有的則帶有習慣色彩 (如「由……繇」等)。這些差別，都是非常明顯的：有的是前七十回有而後五十回無，有的是後五十回有而前七十回無，有的則是差別幅度極大。這些差別的出現，決不帶有偶然性質，因爲它存在於前七十回的近六十萬字加上後五十回的近三十萬字共達九十萬字的作品中，每種語言事實都有相當的數量。如果按校勘者所說《古本》一百二十回都出自施耐庵一人之手，那施耐庵爲什麼要製造這樣的差別呢？是疏忽或者有意？都不可能。這些差別完全可以說明，後五十回完全是他人所作。儘管模仿者極力模仿，終究無法避免出現時代、地域、習慣等方面的這些差別。我們的結論是：《古本》的作者有二：前七十回是施耐庵，後五十回是施耐庵以後另一地區的另外一人；《古本》不是《水滸》的眞本，而是僞作。

（原載《文學遺產》1987 年第 5 期，後收入中國人民大學複印資料《中國古代近代文學研究》1988 年第 10 期）

《水滸全傳》中的並列連詞

《水滸全傳》中，連接並列成分的連詞有「和、與、并、及、同、與同」六個，共出現八百六十二次。本文介紹的是使用這些連詞的條件和它們的體系分類及特點。

本文依據的是上海人民出版社 1975 版的《水滸全傳》，爲行文方便，以下均將書名簡稱《水》。文中例句後的數字是指出自該書的頁數。

一

1.1 並列項目之間使用連詞與否，或者說，使用並列連詞的條件，這個問題，不少學者在他們的著作中有所涉及，但很少有專門的研究；蕭斧先生的幾篇文章，論述得比較深，但主要談多項並列；事實上兩項並列也大量存在。因此，對使用並列連詞的條件，尚需作全面深入的研究。本文也衹是談談《水》的一些情況，自然也還不夠全面、深入。

語法是語言組成的三要素之一，它的存在形式及其發展，都必須服從於語言表達意思、交流思想進行交際這一根本職能。並列項目之間是否使用連詞，這是語法的一個內容；考察它，也必須緊扣語言的交際職能：不用連詞是交際的需要，使用連詞也是交際的需要。

1.2 《水》中並列項目之間一般都不使用連詞：

把李固、賈氏釘在陷車內。831

原撥守灘、守關、守店有職人員，俱各不動。598～599

在後堂前面列了金錢、紙馬、香花、燈燭。173

再調王矮虎、孫新、張青、扈三娘、顧大嫂、孫二娘扮三對村裡夫妻。832

正是晁蓋、花榮、黃信、呂方、郭盛、劉唐、燕順、杜遷、宋萬、朱貴、王矮虎、鄭天壽、石勇、阮小二、阮小五、阮小七、白勝，共是一十七人。505

這些例句中，並列項目少至兩項，多至十七項（還有並列項更多的句子）。這些並列項目之間之所以不使用連詞，是因爲沒有連詞，完全能夠準確地表達原來的意思，絲毫不會引起什麼誤解。

1.3 《水》中，衹有在下列條件下，並列項目之間才使用連詞。

（1）為了準確地表達原意

有些並列項目，它們之間如果不使用連詞，原意將要受到歪曲，引起誤解，具體體現在以下一些場合。

a、指人的並列各項中，有一項是一般名詞或帶有附加語的專有名詞，其他項目都是專有名詞語。

軍師與戴院長，亦隨即下山。787～788

宋江、盧俊義與眾將看時，如黑雲湧出千百萬人馬相似。1050

這兩例都有一項一般名詞（「軍師」、「眾將」），如果不用連詞「與」，並列的項目勢必要成爲「軍師戴院長」和「宋江、盧俊義眾將」，前者由兩人歪曲成了一人，「戴院長」也成了「軍師」；後者「宋江、盧俊義」本是突出的對象而降爲「眾將」的修飾語，喪失了作爲主語一部分的資格。

卻差炮手淩振及李逵、樊端、鮑旭，並牌於項充、李充，將帶滾牌軍一千餘人，直去城下，施放號炮。1021

北寨是曾塗與副軍師蘇定。844

這兩例中都有一項是帶附加語的專有名詞（「炮手淩振」「副軍師蘇定」），如果不用連詞「及」或「與」，前句成了「炮手淩振、李逵、樊端、鮑旭」，「李逵」等三人也成了「炮手」，後句也成了「曾塗副軍師蘇定」，「曾塗」處於定語地位，北寨衹有「蘇定」一人。這些顯然都歪曲了原意。蕭斧先生在《與類連詞在多疊並列中的位置》一文認爲，前面的並列成分有附加語的，連詞「是不應該省掉的」〔註1〕。這是對的，也符合《水》的實際情況。但他又認爲，「如果後面的並列成分有附加語，那麼與類連詞應以用爲宜，但就不是非用不可。」〔註2〕這倒值得商榷。他引證的例子是：「那日請了吳大妗子、花大嫂並官客吳大舅、應伯爵、溫秀才吃齋。」〔註3〕這個例子，如果省掉連詞「並」，人們閱讀起，一般是要動一番腦筋才能理解原意的（同時，要知道，《金瓶梅》時代還沒有一套科學的標點符號系統的）。既然不利於交際，恐怕不好說「不是非用不可」，應是「非用不可」。

b、某些指物項目的並列

把肉和麵都吃盡了。345

李逵卻來收拾親娘的兩腿及剩下的骨殖。542

這兩例如果不用連詞「和」或「及」，第一例由兩樣對象變成了一樣對象（帶肉的麵）；第二例也會誤解爲收拾的僅僅是骨殖，而且是「兩腿剩下的」，而原意收拾的是兩樣：一樣是未被吃掉的「兩腿」，另一是其他部位「剩下的骨殖」。

c、指人項目與指物項目的並列

上面寫著晁蓋並許多事務。250

其餘時分及單身客人，不許過岡。272

這兩例如果去掉連詞「並」或「及」。第一例會被誤解爲「晁蓋許多事務」；第二例的誤會更深：或者是除巳午未三個時辰外，單身客人不許過岡，而在這三個時辰之內，單身客人是可以過岡的；或者是其餘時分，單身客人不許過岡，而結夥的客人還是可以過岡的。原意卻是：其餘時分，不管是單身客人，還是結夥客人，都不許過岡；不管什麼時分，單身客人都不許過岡。

d、人稱代詞項與名詞語項的並列

武松與他是嫡親一母兄弟。281

我和大嫂燒香了便回。582

〔註1〕均見《語文學習》1953年第3期，第43頁。

〔註2〕均見《語文學習》1953年第3期，第43頁。

〔註3〕均見《語文學習》1953年第3期，第43頁。

這兩例如果去掉連詞「和」或「與」，第一例「武松他」成了同位語，由兩個人變成了一個人，整個句子無法理解；第二例也成了燒香僅僅「大嫂」一個人，「我」則由主語的一部分退居到定語的地位。

總之，上面這些語句中的並列項目之間，如果不使用連詞，將使並列詞組變質爲偏正詞組、同位語，或者使附加語管轄的範圍走樣，原意都受到嚴重的歪曲和誤解，交際無法進行。爲了準確地表達原意，使交際順利進行，必須使用連詞。

（2）為了細密地表達原意

蕭斧先生認爲：「自然和社會中間的人、物，因爲它們本身的屬性和彼此之間的關係不同，客觀上就存在著等類的差別。人類的思想是客觀環境的主觀上的反映，因此就產生了等類差別這個概念。多疊並列成分中間的分類連詞，有表達連接概念的語法功能，同時也有表達差別的概念的語法功能。」〔註 4〕這是很有道理的。當然他談的是多疊並列成分，其實兩項並列也是這樣。

對客觀上的等類差別，人們如果認爲不需要表達，自可不用連詞；如果認爲需要表達，那就必用連詞。因此，本類與上類的不同點是，去掉並列項目之間的連詞，原意仍然基本上不變，祗是不如保留連詞，那樣可把原意表達到更細密。連詞對細密地表達原意來說，是必不可少的。「細密」大致表規爲如下三個方面。

a、項目分主次

祝朝奉與祝龍、祝虎、祝彪三傑都相見了。628

陳安撫及花將軍等，俱有膽略。1239

這兩例中，連詞前的項目身份地位高，爲主；連詞後的項目身份地位低，爲次。

b、項目分類別

且說四個守山寨的頭領吳用、公孫勝、林沖、秦明和兩個新來的蕭讓、金大堅，已得朱貴、宋萬先歸報知。516

次日，將出新做的一套行者衣服、皂布直裰，並帶來的度牒、

〔註 4〕同上，第 44 頁。

書信、界箍、數珠、戒刀、金銀之類，交還武松。392

第一例分「守山寨的」和「新來的」兩類，以「和」連接；第二例分「新做的」和「帶來的」兩類，以「並」連接。

c、項目分層次

且說武松請到四家鄰舍並王婆和嫂嫂，共是六人。327

州尹張顧行，押了公文，便差都頭，領著士兵，來捉凶人王慶，及窩藏人犯范全並段氏人眾。1225

第一例中，「並」爲第一層，「和」爲第二層。第一層「並」前的「四家鄰舍」，與武大被害無關，僅是被請來作殺嫂祭兄的見證人的，而「並」後的人是謀害武大的罪犯。第二層「和」前的是主謀，「和」後的是兇手。至於第二例，「及」爲第一層，「並」爲第二層，很明顯。

（3）為了流暢地表達原意

一般情況下，都能流暢地表達原意，但也有某些場合，需借助於連詞，否則，原意雖能表達，卻不流暢。這種「某些場合」在《水》中具體表現爲：

a、音節要求

一項單音節詞和一項雙音節詞並列時，說起來顯得急促、佶屈，如果用上連詞，就會和緩、流暢。

正打中包天師頭和身軀，擊得粉碎。1370

不要謊，我與你們再殺入城去，和那個鳥蔡九知府一發都砍了便走。502

b、文體要求

由於詩對每句字數的要求，往往需要加上連詞，以湊足字數。

矛錘弓弩銃，鞭簡劍鏈撾。斧鉞並戈戟，牌棒與槍杈。2

遇宿重重喜，逢高不是凶。外夷及內寇，幾處見奇功。526

上面三個條件，概括起來就是；準確、細密、流暢地表達原意。細密、流暢是建立在準確基礎上的，準確是交際最起碼的要求。不用連詞也能準確細密、流暢地交際時，不用連詞；不用連詞不能準確、細密、流暢地交際時，必用連詞。因此，並列項目之間是否使用連詞，是由語言的交際職能來決定的。

1.4 多項並列中連詞的位置

弄清了使用並列連詞的條件，多項並列中連詞位置的問題也就可以解決了。所謂使用並列連詞的條件的本身就包括了連詞的位置，也就是說，必須在某個位置上加上連詞才能夠準確（或細密、或流暢）地表達原意，換個位置就不行，那麼，這個「某個位置」也就是連詞的位置。《水》中多項並列中連詞的位置（不管它處於哪個具體位置上）莫不如此。我們不能簡單地說連詞必須固定在第幾個兩項之間，也不能說連詞可以隨意放在哪兩項之間，我們也不能把連詞的位置簡單地歸納出幾個模式、格式，因爲這些都沒有抓住使用並列連詞的條件（也即服從於語言的交際職能）來分析，都很難說明問題。至於爲什麼現代漢語裡，多項並列中的與類連詞多置於最後兩項之間，不少著作和文章都有所論述，並有很多好的見解。因爲這屬現代漢語，本文自不便多談；不過我想，如果能從探討使用並列連詞的具體條件入手，或許能使問題的討論深入一步。

二

《水》中「和、與、并、及、同、與同」六個並列連詞，彼此之間既相通，又相異。從比較它們的異同入手，可以歸納出這六個連詞的體系。

2.1 異同比較

六個並列連詞的異同，可以從四個方面進行比較。

（1）使用頻率

使用頻率的高低，是各詞差別的一個重要標誌。《水》中，六詞出現次數及其占總次數（862 次）的百分比的情況如《表一》（表中數字，無括號的爲百分比，有括號的爲次數，下面各表均同）。

表一

和	與	並	及	同	與同
26.8（231）	16.2（140）	41.3（356）	10.2（88）	4.4（38）	1.1（9）

從表一可以看出：六詞的使用頻率，以「並」最高，「和」爲次，「與、及」再次，「同、與同」最低。

（2）項目的平等與主次

連詞前後項目之間的關係有平等和主次兩類。各詞都用於兩類。

那封書和銀子都抖出來。29

高太尉和聞參謀在中軍船上。982

顧大嫂與樂大娘子在裡面已看了房户出入的門徑。631

盧頭目與小弟一十三人，……1054

管營處又自加倍送十兩並人事。461

林沖將引妻小並使女錦兒，也轉出廊下來。88

小生祇會作文及書冊。491

宋江、盧俊義、吳用、公孫勝，及其餘將佐、馬步頭領，統領中軍。1103

畢竟盧員外同石秀怎地脱身，且聽下回分解。789

國主同百官，跪於殿前。1087

當夜宋江與同柴進，依前扮作閑涼官。893

且説安定國舅與同三個侍郎，帶領眾人歸到燕京。1047

上列例子，每詞的第一例是平等類，第二例是主次類。

六詞雖然都用於兩類，但各詞用於兩類的比例不同，如表二：

表二

	和	與	並	及	同	與同
平等	94.4（218）	72.9（102）	27.8（99）	31.8（28）	84.2（32）	66.7（6）
主次	5.6（13）	21.7（38）	72.7（257）	69.2（60）	15.8（6）	33.3（3）

從表二可以看出：「和、與、同、與同」四詞主要用於連接平等類，「并、及」二詞主要用於連接主次類。

（3）項目的詞語類別

並列連詞連接的項目有名詞、動詞和人稱代詞三類。

同、與同：祇連接名詞：

且把武松同這婆子枷了，收在監內。332

且說宋江與同眾將，每日攻打城池不下。501

并、及：主要連接名詞，個別連接動詞。

公孫先生並劉唐，只在敝莊權住。171

爲頭的那人，姓包名吉，已自得了毛太公銀兩，並聽信王孔目之言，教對付他兩個性命。619

范美人及姬妾等項，都被亂兵所殺。1188

自從別後，回到荊南，遇異人，授以劍術，及看子平之妙訣，因此叫小子做金劍先生。1223

和、與：主要連接名詞，個別連接人稱代詞。

叫老婆和妻舅都來拜了楊志。191

我和你兩個明日早起些。441

高俅與天使眾官，都在城上。971

我與你先跳入牆去。905

六詞連接各類詞語的次數及其占該詞使用次數的百分比，如表三。

表三

	和	與	並	及	同	與同
名　詞	92.9（215）	81.9（115）	91.6（326）	82.5（75）	100.0（38）	100.0（9）
動　詞			8.4（30）	14.8（13）		
人稱代詞	7.1（16）	8.1（25）				

（4）項目的內容

並列連詞連接的各項，按內容可以分成爲「人・人」、「事物・事物」、「人・事物」（或「事物・人」）三類。

同、與同：只連接「人・人」類：

羅眞人同公孫勝都打個稽首道：「謝承將軍金諾。」1042

次後孫立眾將與同文仲容、崔埜，領兩路兵馬，屯紮關外聽令。1133

與：基本上連接一「人・人」類，個別連接「事物・事物」類：

原來武大與武松，是一母所生兩個。270

雞與肉，都已煮熟了。386

和、并、及：主要連接「人・人」類，少數連接「事物・事物」類，極個別的連接「人・事物」類：

原來卻是楊制使和魯提轄。722

青花甕酒和雞肉，都是那大郎家裡自將來的。356

說出這般軍器和那個人來。699

拜見宋江並眾頭領。82Q

隨後將原奪二次馬匹，並金帛一車，送到大寨。850

分付教把船上一應人等，並御香、祭物、金鈴、吊掛，齊齊收拾上山。740

葉清夫婦及瓊英女，都被擄去。1160

又聽得智伯渠邊，及東西三處，喊聲振天。1182

其餘時分及單身客人，不許過岡。272

六詞連接三類的次數及其占該詞使用次數的百分比，見表四。

表四

	和	與	並	及	同	與同
人・人	79.7（184）	92.1（129）	63.5（226）	58.0（51）	100.0（38）	100.0（9）
事物・事物	19.0（44）	7.9（11）	33.4（119）	40.9（36）		
人・事物	1.3（3）		3.1（11）	1.1（1）		

2.2 休系分類

（1）通過上面的異同比較，可以清楚地看出，《水》中的這六個並列連詞是有系統的，它們可以分成三組，並且每組都由口語詞和書面詞組成。

a、「並－及」組：

本組的主要特點是：以連接主次成分爲主；除名詞外，還可以連接動詞；除「人・人」、「事物・事物」類外，還可以連接「人・事物」類。

「並」雖然古時可以作連詞，但以連接動詞爲常：大量連接名詞，可能是中古以後的事。在《水》中，它的使用頻率極高。這足以說明它是一個典型的口語詞。「及」在先秦即已常用作連詞，歷史悠久，但在《水》中使用頻率遠遠低於「並」，所以應是一個書面詞。

b、「和－與」組：

本組的主要特點是：以連接平等類爲主；除名詞外，還可以連接人稱代詞。

「和」字最早也是晚唐以後由表「連帶」義的動詞逐漸發展爲連詞的〔註5〕，歷史很短；在《水》中使用頻率相當高，應是一個口語詞。「與」在先秦即已廣泛地用作連詞，歷史悠久；在《水》中，使用頻率也遠比「和」低。因此，它也應是一個書面詞。

c、「同－與同」組：

本組的主要特點是：使用頻率極低，衹連接平等類，衹連接名詞，衹連接指人的項目。本組可視爲「和－與」組的一個小分支。

「同」作介詞，大概起源於元明以後〔註6〕，也就是說，與《水》同時代，它在作介詞的同時，也可以作連詞。它的使用頻率遠高於「與同」自然是個口語詞。「與同」由「同」加「與」連用而來，是個書面詞。

（2）古代漢語中有些連詞往往也同時用作介詞，《水》中也是這樣：「同、與同」四詞也可作介詞，而「并、及」二詞不能作介詞。作介詞的四詞，功能多少不一：「同、與同」只有一種（表示共同、協同），「和」有四種（表示共同、協同，指示動作的對象，表示與某事物有聯繫，引進用來比較的對象），「與」則有六種（除「和」的四種外，還可以引進動作的接受者和引進動作的受益者）。這樣，這六個詞也可分成三組：a、不作介詞的「并、及」，b、介詞功能單一的：「同、與同」，c、介詞功能多種的「和、與」。這種從連詞是否同時作介詞以及作介詞所具有的功能的角度將六詞分成的三組，正好與前面從連詞角度歸納出的三組完全吻合，這也旁證了三組的劃分是符合《水》的實際的，是合理的。

（3）王力先生在《中國現代語法》一書中提到：「『與』與『和』——『和』是現代詞，『與』是古語的殘留。」「『並』和『及』——『並』和『及』，都是

〔註5〕見王力《漢語史稿》，第339頁。

〔註6〕見楊伯峻《古漢語虛詞》，中華書局，1981年，第171頁。

古語的殘留，而且在口語裡差不多死了」。〔註7〕王先生的「和－與」「並－及」分類，與我們對《水》作的分類一致，這也說明現代漢語是近代漢語的繼承；當然，「與、及」也是古語的殘留，「並」也是古語的殘留，這表明現代漢語對近代漢語的發展。

三

《水》中連接並列成分的六個連詞，有如下一些特點。

3.1 系統結構整齊，六詞分三組，每組各有口語詞和書面詞。口語詞歷史很短或比較短，使用頻率高；書面詞則歷史悠久，使用頻率低。

3.2 分工大體明確，六詞雖然都是連接並列成分，但彼此之間同中有異；異，可以視爲大體的分工。如連接動詞的衹有「並－及」組，連接人稱代詞的衹有「和－與」組。又如，三組雖然都連接名詞，但「並－及」以連接主次的爲主，其他兩組則以連接平等的爲主。

3.3 古代漢語中，連接三項或多項時，有時每兩項之間都要加上連詞，如「子罕言利與命與仁」（論語・子罕），「李延年，中山人也，父母及身兄弟及女皆故倡也。」（史記・佞倖列傳）。這種每個銜接處都用連詞的用法，在《水》中沒有得到保留。

3.4 現代漢語中，幾項並列時，一般都是要加上一個連詞，而且連詞都放在最後兩項之間。如「汽車、火車、輪船和飛機，我都坐過。」這種情況，在《水》中還沒有出現，因爲它一般不用連詞；如果用連詞，連詞的位置也衹是按需要而定。

3.5 從上述可以得知，在並列成分之間使用連詞方面，《水》對古代漢語來說，的確有了很大的發展：在這基礎上，以後又逐漸發展爲現代漢語。

（原載《安慶師範學院學報（社會科學版）》1988 年第 3 期，
本文收入中國人民大學複印資料《語言文字》1988 年第 10 期）

〔註 7〕見該書 382 頁。